?
?
「……あの、お義姉様。
これは一体、どういうことなのですか？」
「あなたには、ライオネル様と
婚約してもらうわ」

ダリア
エディスの義姉。
オークリッジ伯爵家の長女。
エディス
不幸な事故で両親を失い、
父の実家のオークリッジ伯爵家に引き取られた
平民出身の一人娘。
義父母の叔父夫婦と義姉のダリアから
毎日冷たい仕打ちを受ける中、
ある日ライオネルとの縁談を持ち掛けられる。
ユージェニー
スペンサー侯爵家の一人娘であり
クレイグの婚約者。
ある一つの“後悔”により、
貴族教育を学ぶエディスを
積極的に支えようとしている。
ローラ
オークリッジ伯爵家のメイド。
エディスを心から慕っている。

クレイグ
ライオネルの弟。
ライオネルの病が原因で
ユージェニーと婚約することになった。
アーチェ
グランヴェル侯爵家の長女であり、
ライオネルとクレイグの妹。
ライオネル
グランヴェル侯爵家の長男。
元々病を患い見た目も痩せこけていたが、
エディスとの出会いにより
健康と本来の美しい姿を取り戻していく。

「必ず君を幸せにするよ。
僕の愛しいエディス」

義姉の代わりに、余命一年と言われる侯爵子息様と婚約することになりました
瑪々子
Illustrator
紫藤むらさき

CONTENTS

イラスト：紫藤むらさき
デザイン：苅籠由佳(KOMEWORKS)

第一章

1 義姉に来た縁談だったはずが

「エディス。あなたは、今日はこれから絶対にこの家には立ち入らないで。何があっても、息を潜めるようにして、気配を消して離れに籠《こも》っていること。いいわね？」

「はい、お義姉様《ねえさま》。商会に卸す薬の用意も整いましたので、すぐに離れに戻ります」

いつも華やかな義姉のダリアが、さらに今までに見たこともないほど派手に着飾っている様子に目を瞠《みは》りながらも、エディスは大人しくこくりと頷《うなず》いた。

鮮やかな金髪に濃い碧眼《へきがん》をしたダリアは、やや目尻の吊《つ》り上《あ》がったきつめの顔立ちをしてはいるものの、かなりの美人の部類に入る。彼女の瞳の色に合わせたブルーのシルクのドレスには、ふんだんにひらひらとしたレースがあしらわれ、その首元には、ダイヤで取り巻かれた特大のサファイアのネックレスが輝いていた。さらに一分《いちぶ》の隙もなく化粧を施したダリアのことを、確かにとても美しいとは思いつつ、エディスはこれらを調《ととの》えるために飛んでいったであろう金貨の枚数を思い浮かべて、くらりと軽い眩暈《めまい》を覚えた。

「あの、お義姉様。その高そうな……いえ、お美しいドレスとネックレスは、今日のために誂《あつら》えられたのですか？」

「ええ、もちろんそうよ。これから将来の旦那様に会うのだもの、最も美しく見えるように支度《したく》をするのは当然じゃない。ふふ、綺麗《きれい》でしょう？」

自慢げに口元を綻ばせた義姉のダリアに、エディスは溜息《ためいき》混じりに頷いた。

「はい、とても」

オークリッジ伯爵家のどこにそのような余裕が、という、喉元まで出掛かった言葉を、エディスは何とか飲み込んだ。

エディスがこのオークリッジ伯爵家に養子として引き取られてから、一年半程の月日が流れていた。

エディスは、血縁的にはダリアの従姉妹《いとこ》に当たる。エディスの父は、オークリッジ伯爵家の長男だったけれど、平民のエディスの母と恋に落ち、駆け落ち同然で家を出たらしい。エディスの両親は、緑豊かな田舎町で小さな薬屋を営んでいた。両親を突然の事故で亡くし、オークリッジ伯爵家からの迎えが来るまでは、両親共に平民の出だと思っていたエディスは、父が伯爵家の出身だと知って、ひどく驚いたものだ。

エディスの父方の祖父は、エディスの父の結婚を反対したことを悔いて、自らの息子である彼女の父の行方《ゆくえ》を長いこと捜していたという。ようやく居所がわかった時には、既に息子が命を落としていたことに涙を流しながらも、急いで孫娘のエディスをオークリッジ伯爵家に迎え入れたのだった。

後ろ盾となる親があった方がよいだろうという祖父の鶴の一声で、エディスより年上であるダリアを娘に持つ叔父夫婦に、養子として迎え入れられることになったエディスだったけれど、義父母となった叔父夫婦からは、全く歓迎されてはいなかった。

「卑しい平民の血が混じっている子を、娘にしないとならないなんて」

「まともな貴族教育も受けていないのね。こんな子を、恥ずかしくて人前になんて出せないわ」

そんな叔父夫婦に輪を掛けて、義姉のダリアからエディスはひどく嫌われて、散々冷たい仕打ちを受けていた。エディスが半年前に頼みの綱だった祖父を亡くしてからは、あんな子を義妹だなんて認めない、一緒の家になんて住みたくはないと、エディスは小さな離れに追いやられていた。エディスは、使用人用の余った衣服を手直しして使い、食事も使用人と同じものを摂《と》っている。

ダリアは自分自身には湯水のようにお金を使う。ダリアを目に入れても痛くないほど可愛《かわい》がっている叔父夫婦は、そんなダリアの行動を黙認しているけれど、それがオークリッジ伯爵家を傾かせている一因になっていることは、火を見るより明らかだった。エディスの祖父が亡くなってからというもの、さらにこの家の台所事情は悪化しており、借金の額も膨れ上がっている。

(私には教養がないといつも仰《おっしゃ》るけれど、お義父様《とうさま》もお義母様《かあさま》もお義姉様も、どうして収入の範囲で暮らすという単純なことをせずに、お金がないと騒ぐのかしら……?)

質素だった両親の元、堅実な金銭感覚も、商才もしっかりと身に付けていたエディスには、そのことが不思議でならなかった。完全に家が潰れてしまうことを防ぐべく、エディスは、杜撰《ずさん》に管理されていたオークリッジ伯爵家の薬事業を、この家に来てから縁の下で支えている。けれど、エディスが立て直しつつあった薬事業からの収入も、ダリアたちの派手な生活による借金の利子のせいで、焼け石に水の状態だった。

贅《ぜい》を尽くしたダリアのドレスとネックレスを前にして、しばし衝撃に思考を飛ばしていたエディスに対して、ダリアはにっと口角を上げた。

「生意気なあなたが何を考えているか、何となく想像はつくけれど。……今日私がお会いするのは、グランヴェル侯爵家の長男でいらっしゃるライオネル様よ。あちらから縁談をいただいたの。彼と私の婚約が調った暁には、あちらの家に対してしている借金を帳消しにしていただけるどころか、更なる金銭的な支援もお約束いただいているのよ」

「まあ、そうだったのですね」

グランヴェル侯爵家は、オークリッジ伯爵家が最も多額に借り入れを行っている先だった。予想外の義姉の言葉に、それなら大丈夫かもしれないと、ほっと胸を撫《な》で下《お》ろしたエディスに向かって、ダリアは続けた。

「それにね……」

ダリアは、うっとりとその青い瞳を細めた。

「ライオネル様のことは、大昔にお見掛けしたことがあるだけなのだけれど、幼いながらもとってもお美しかったの……！　最近は、少し体調を悪くされていたらしくて、あまり社交界にも顔を出されていなかったのだけれど、彼にお会いできるのが楽しみだわ。という訳だから、」

今度は冷ややかな瞳で、華やかな自分とは対照的な、控えめなエディスの母譲りの淡い金髪と、ライラックにも似た薄紫色の瞳、そして彼女の簡素な服装を上から下までじろりと眺めてから、ダリアはエディスに向かって改めて口を開いた。

「ライオネル様の前には、決して姿を見せないでちょうだい。あなたのような、地味で平民丸出しの教養もない子が同じ家にいるなんて、このオークリッジ伯爵家の評価を下げることにしかならないわ。もし万が一ライオネル様に会ったとしても、あなたはこの家の使用人のような顔をしていなさい。いいこと？」

「ええ、わかっています。お義姉様」

エディスは再度ダリアに向かって頷いた。ダリアに言われたことは、いつもエディスがしていることと変わらない。つまり、ダリアの縁談相手が来ている時には母屋《おもや》に来ないようにと釘《くぎ》を刺されただけで、離れで普段通りに過ごしていればよいのだと、エディスはそう解釈した。

エディスが、急ぎ足で母屋から離れにある自室に戻った頃、ちょうど外門《そともん》の所で、馬の蹄《ひづめ》の音と、がたごとと馬車の車輪が止まる音が聞こえた。何とか自室に戻るのが間に合ったと、エディスが一息《ひといき》吐《つ》いていたところで、ダリアの天にも届きそうな甲高い悲鳴が母屋の方からエディスの耳に届いた。

「……‼?」

エディスが思わず離れの窓から外を眺めると、青ざめたダリアと、真っ赤な顔をした義父が、揃《そろ》って離れに向かって駆けて来る様子が目に入った。

「エディス！　すぐにそこから出て来なさい‼」

義父の怒声の迫力に、エディスはびくりと肩を跳ねさせた。

「お義父様、どうなさったのですか？」

離れの窓から恐る恐る顔を出したエディスに、義父は大声で叫んだ。

「とにかく、早くそこから出て来るんだ！　可及的速やかに、母屋で着替えをするように。わかったな？」

「はあ……」

全く意味のわからない義父の言葉に、エディスは訝《いぶか》しげに眉を寄せた。ついさっき、母屋には決して近付かないようにとダリアに言われたばかりだったのに、いったい何が起きたというのだろう。

エディスがダリアに目を向けると、先程まで浮き足立っていたはずの彼女は紙のように白い顔をして、エディスに向かって金切り声を上げた。

「エディス、お父様の言葉に従って！　もう、母屋では私の侍女を待機させているから、あなたが行けばすぐに準備は整うわ」

「ええっと、はい……？」

やはり状況が摑《つか》めないままに、エディスはとりあえず頷くと、義父と義姉の言葉に従うことにした。今まで、彼らの言葉に逆らった時は、ろくな結果にならなかったからだ。

「今はお母様が、ライオネル様とそのお父様の相手をしてくださっているわ。あまり客人をお待たせしては失礼だから、早くしてちょうだい」

「……⁉」

必死の形相をしたダリアに、離れから引《ひ》き摺《ず》られるようにして母屋に連れて行かれたエディスは、ダリアの侍女の早業で、あっという間にドレスに着替えさせられ、化粧を施された。エディスは、ダリアの侍女には、普段はチクチクと嫌味を言われるのだけれど、今日はそれすらもなかった。

「このオークリッジ伯爵家の命運がかかっているのよ」

と、侍女には、背後にいる主《あるじ》のダリアからプレッシャーを掛けられていたこともあったのだろう。エディスは気付けば、ダリアのものと思《おぼ》しき派手なドレスの中でも、比較的露出の少ない紫のタフタのドレスを身に纏《まと》って、しっかりと化粧をした状態で、大きな姿見の前に立っていた。

「さすが、馬子にも衣裳《いしょう》ね」

ダリアはほっとしたようにそう呟《つぶや》いた。けれど、エディスの目には、豊満な身体《からだ》付きかつ華やかな顔立ちの義姉に合わせて作られたドレスに、やせ型であまり目立たない顔つきの自分がすっかり着られてしまっているようで、さらに普段はしない化粧が落ち着かないことも相まって、何だか心許《こころもと》なかった。

「……あの、お義姉様。これは一体、どういうことなのですか？」

「あなたには、ライオネル様と婚約してもらうわ」

エディスは驚きに目を丸く見開くと、ダリアを見つめて幾度か瞳を瞬《まばた》かせた。

「ライオネル様との婚約は、お義姉様に来た縁談だと仰っていませんでしたか？」

「……それは、じ、状況が変わったのよ」

ダリアは気まずそうに一度エディスから目を逸《そ》らしたけれど、すぐにいつも通りの不遜な態度に戻ると、エディスを見つめ返した。

「あなたには過ぎた身分のお方よ、感謝なさい。絶対に、彼との婚約を破談にすることのないようにね。さっきも言ったけれど、彼はあのグランヴェル侯爵家の長男なの。この縁談は、このオークリッジ伯爵家にとって必須なのよ」

「……まだ完全には今の状況を理解しかねますが、これから私が、お義姉様の代わりにライオネル様とお会いするということでよろしいのですね？」

「まあ、そういうことね。それだけわかったのなら、さっさと行ってくれないかしら？」

ライオネルが待っているという応接間に急ぎ足で向かいながら、エディスは混乱する頭で考えていた。

（……そんな身分が上の方、平民育ちの私には、絶対に釣り合わないでしょうに。いくら借金帳消しのためとはいえ、これでは先方にご迷惑をお掛けするだけだわ。丁重にお断りしないと……）

エディスが応接間のドアをノックして、部屋の中から聞こえた返事にそっとドアを開けると、エディスを見つめた車椅子の青年と目が合って、彼の姿にはっと小さく息を呑《の》んだ。

2　ライオネルとの対面

エディスの目の前にいる車椅子の青年の身体は、明らかに重い病に冒《おか》されている様子だった。恐らく、健康だった時には背も高く、体躯《たいく》もしっかりとしていたのだろうと思われる青年だったけれど、今はすっかりと痩せ細った身体で、土気色の顔に覗《のぞ》く目元は落《お》ち窪《くぼ》み、頬はこけていた。黒髪もぱさぱさとして艶がなかった。

「初めまして、エディス様。グランヴェル侯爵家から参りましたライオネルと申します」

車椅子の上から、ライオネルがエディスを見つめた。彼の口調は、その痛ましい外観とは裏腹にはっきりとしていて、低めのよく通る声をしていた。けれど、車椅子の上に座っているだけでも彼が辛《つら》そうにしていることを、エディスは見て取っていた。

「……初めまして、ライオネル様。オークリッジ伯爵家の次女のエディスです」

ぎこちないカーテシーを見せたエディスに向かって、ライオネルは温かく微笑《ほほえ》み掛けた。彼のタンザナイトのような青紫色に澄んだ目を見て、エディスは、誠実そうな人柄が表れた、綺麗な瞳だと思った。

ライオネルの従者が車椅子をエディスに近付けると、ライオネルはエディスに右手を差し出した。

「僕は身体がこのように不自由な状態なので、立つことも叶《かな》わず申し訳ないのですが」

「いえ、そのようなことは……！」

エディスは慌てて右手を伸ばし、ライオネルの右手を握り返した。骨と皮ばかりになってはいるけれど、温かな手だった。

エディスの義母は、目の前の二人の様子に、引《ひ》き攣《つ》らせていた顔をようやく少し緩ませると、ライオネルと、その横のソファーに腰掛けていたライオネルの父に向かって口を開いた。

「申し訳ありません、エディスがお待たせしてしまって。はじめは長女のダリアにいただいていた縁談ではありますが、先程ライオネル様を前にした時のように、急に引きつけを起こして、悲鳴を上げて倒れてしまうことが、身体の弱いダリアにはしばしばありまして。ライオネル様をお支えするには、丈夫なエディスの方がよろしいかと……」

エディスは、義母の言葉に頭痛と眩暈を覚えていた。

（何てこと。さっき聞こえたお義姉様の悲鳴は、ライオネル様を見て上げたものだったのね……）

義姉の態度は失礼極まりなかった上に、彼を傷付けてしまったのではないかと、エディスはライオネルへの申し訳なさに、小さく肩を竦《すく》めていた。当然、義母の言葉も適当な言い訳に過ぎず、エディスは、ダリアが倒れるどころか風邪を引いた姿すら滅多に見たことがなかった。ただダリアの性格に鑑みると、彼女の態度には合点のいくところもあった。ダリアは、美しいものに目がない反面、彼女が醜いと判断したものを極度に嫌う。まるで死神に取《と》り憑《つ》かれているような、やつれ切ったライオネルの姿を見て、ダリアが耐えられずに悲鳴を上げて逃げ出したとしても不思議ではなかった。

ライオネルの父であるグランヴェル侯爵が、ゆっくりとエディスの義母に向かって口を開いた。

「……貴伯爵家の二人目のお嬢さんの話を聞くのは、今日が初めてですな」

「あ、あら、お話ししておりませんでしたでしょうか。この子は、血縁上は主人の姪《めい》に当たるのですが、不幸な事故で両親を亡くし、一年半程前に、この家に養子として引き取ったばかりなのですよ」

外向きには、義父母は必死にエディスの存在を隠していたから、自分のことを知られていなくても無理はないと、そうエディスは思った。慌てて作り笑顔を浮かべた義母に、グランヴェル侯爵は続けた。

「私が息子の縁談を貴伯爵家に持ち込んだのは、息子が、最近貴伯爵家の薬を飲んで、多少回復の兆しが見られたことも理由の一つです。息子は、原因不明の病に突然襲われてからというもの、少し前までは寝たきりで、車椅子で外出することさえままなりませんでしたから。……息子の回復に繋《つな》がる可能性が少しでもあるなら、私はそれに賭けたいのです」

グランヴェル侯爵は、少し辛そうな眼差《まなざ》しで息子を見つめてから、エディスの義母に視線を戻した。

「貴伯爵家は、由緒ある白魔術師の血筋で、それが今も薬を扱う所以《ゆえん》だとか。その理解で合っていますね？」

エディスの義母は、グランヴェル侯爵に向かって頷くと、探るような口調で尋ねた。

「ええ、仰る通りですわ。オークリッジ伯爵家の祖先は高名な白魔術師で、回復魔法の技に非常に優れていたと言われています。それを起源に、回復魔法で効力を高めた薬を扱う形で商いを始めたと聞いておりますし、私共の扱う薬は評判も良《い》いのですよ。……もしかすると、そのような目に見えぬ力も、義娘には期待なさっていると？」

「その側面も、完全に否定はできませんね。もうほとんど失われたと言われている魔法の力ですが、完全にこの世界から消え失《き》せ《う》た訳ではないと、そう私も考えていますから。……もちろん、もし貴伯爵家にご協力いただけるなら、私の家からの金銭的な支援は惜しまないつもりです」

エディスの義母は、グランヴェル侯爵の言葉に貪欲にその瞳を輝かせると、にっこりと大きな愛想笑いを浮かべた。

「まあ、そうでしたか。祖先の白魔術師の力がエディスに受け継がれていたとしても、不思議ではないと思いますわ。この子だって、れっきとしたオークリッジ伯爵家の血筋ですから。……ねえ、エディス？」

エディスは、猫撫《ねこな》で声《ごえ》を出した義母の言葉に曖昧な笑みを浮かべた。

この世界には、太古の昔、まだ魔物が生息していたと言われる時代には、魔法を使える者もそれなりにいたそうだ。けれど、魔物が姿を消してからというもの、次第に魔法が使える人間も減り、数百年前には、ほぼ魔法の力を継ぐ者も消えたと伝えられている。

祖先がどのような魔法を扱っていたかの名残は、今ではそれを元とした家業の形で各家に残っている程度だったけれど、ごく稀《まれ》に、家系に残る血の影響なのか、祖先の魔法の力が薄く発現する者もいると言われてはいた。

（……ライオネル様、相当にお身体の具合が思わしくないのね、きっと）

顔色も悪く弱々しい姿のライオネルと、必死な様子の彼の父を見て、エディスの心は痛んだ。オークリッジ伯爵家が、いくら古くは白魔術師の家系であるとはいえ、もうほとんど失われたと言われる魔法の力にまで希望を見出《みいだ》そうとするなんて、藁《わら》にもすがる思いなのだろうと、容易に想像がついたからだ。

ライオネルは、その場にいる者をぐるりと見渡すと、やや遠慮がちに口を開いた。

「差し支えなければ、少しエディス様と二人だけでお話しさせていただいても？　もしエディス様がお嫌でなければ、ですが」

エディスは、ライオネルに明るい笑みを返して頷いた。

「もちろん、私は構いませんわ。喜んで」

ライオネルは、エディスの返答と、それが嘘《うそ》ではないことを裏付ける彼女の笑顔に、驚いたように少し目を瞠った。グランヴェル侯爵は、そんな息子とエディスを見て嬉《うれ》しそうに微笑むと、ソファーからすぐに腰を上げた。

「では、私たちは二人の邪魔はいたしますまい。よろしいですか？」

「ええ、それはもう。エディス、任せたわよ」

義母も満面の笑みを浮かべると、最後の『任せた』の部分に力を込めた上で、去り際にエディスを鋭い目で見つめた。部屋のドアが閉まって、応接間にエディスとライオネルが二人きりで残されると、ライオネルは、彼の前の椅子に腰掛けたエディスに尋ねた。

「……エディス様。あなたは、僕の身体がこのような状態だとはご存知なかったのですか？」

「はい、存じませんでした。実のところ、ライオネル様との縁談がこの家に来ていると知ったのも、つい先程のことなのです」

エディスの言葉に、ライオネルは苦笑した。

「それでは、あなたを騙《だま》してしまったようなものですね。まさか、婚約相手になるはずと聞いたばかりの僕が、これほど酷《ひど》い状況にあるとは想像もしていらっしゃらなかったでしょうから。ただ……」

ライオネルは、思案げにしばし視線を宙に浮かせてから、エディスに視線を戻した。

「ご無理を承知でお願いしますが、エディス様、あなたに僕との婚約を受けていただけたら嬉しく思います。エディス様には、僕から直接事情をお伝えしておいた方が誤解もないと思いますので、これからご説明させてください」

それだけ言い終えると、苦しそうに咳《せ》き込《こ》んで身体を震わせたライオネルの姿に、急いで椅子から立ち上がったエディスは、彼の背中をさすりながら口を開いた。

「ライオネル様、大丈夫ですか？　あまりご無理をなさらないでくださいね……」

「問題ありません。お気遣いをありがとうございます」

ライオネルの気持ちを汲《く》んで、彼の言葉に頷いたエディスは、礼儀正しい彼の姿に好感を覚えながら微笑んだ。

「ライオネル様。私の方が身分も年齢も下ですし、私のことはエディスとお呼びください。私への言葉も、どうぞ気安いものにしていただければと」

「……そうか。では君の言葉に甘えさせてもらうよ、エディス」

ライオネルは、ふっと頬を緩ませてから、エディスに向かって言葉を続けた。

「隠したところで仕方ないと思うから、正直に伝えるけれど、先程会った君の義姉上《あねうえ》のように、僕を見て青ざめたご令嬢も、今まで少なくはなかったんだ。僕が病に臥《ふ》せってから、僕の姿を見ても顔を歪《ゆが》めなかったのは、エディスが初めてだよ」

「……えっ？」

エディスは、きゅっと胸が痛むのを感じながらライオネルを見つめ返した。

「実は僕の父は、今までにも何人かの貴族家の令嬢方に、僕との婚約の打診を検討したことがあるようなんだ。そんな話に辿《たど》り着《つ》く前に、皆、僕の姿を見て逃げ出してしまったけれどね。いくら侯爵家長男という肩書きがあっても、さすがにこんな重病人と婚約したいなどと考える物好きはいなかったようだ。……ただ、」

ライオネルは、真剣な表情でエディスを見つめた。

「僕には弟が一人いるのだが、彼が、あるご令嬢ともうじき婚約する予定なんだ。けれど、君も知っての通り、僕はまだ婚約していない。僕の身体がこんな状態だから、先に弟が婚約してくれても、僕としては全く構わないのだけれど、父がそのことを気に病んでいてね。あるべき順番としては、僕の婚約を先に調えるべきだろうと」

エディスは、ライオネルの言葉に頷いた。グランヴェル侯爵家が、もしこの状況で兄よりも弟を先に婚約させたなら、家を継ぐのは次男であり、重い病を抱えた長男は後継ぎとして見限ったと、他の貴族家にそう想像されたとしてもおかしくはなかった。

「しかも、君は回復魔法に長《た》けた家系の子孫に当たるという話だったね。父は、僕のことを申し訳ないくらいに大切にしてくれて、僕の病に手を尽くそうとしてくれている。君の優しさに加えて、君の家の台所事情にもつけ込むようですまないけれど、僕はできれば、そんな父の希望を叶えたいんだ。もし君が僕との婚約を受けてくれても、僕は、婚約者らしいことは君に何もしてあげられないかもしれない。夜会では君のダンスの相手も務められないし、一緒に出掛けられる場所も限られてしまうだろう。君には迷惑を掛けてしまうばかりかもしれないが……」

ライオネルは、寂しげな笑みをその口元に浮かべると、小さく息を吐いた。

「ごめんね、こんな僕と婚約だなんて。僕は、実は医師からも匙《さじ》を投げられていてね。余命一年と言われているんだ」

「……！」

ライオネルに返す言葉が見付からず、茫然《ぼうぜん》と彼を見つめたエディスに、ライオネルは続けた。

「だから、今もし君が僕との婚約を受けてくれたとしても、僕の命は結婚までは持たないと思う。父は僕にできる限りの治療を受けさせてくれているけれど、僕には感覚としてわかる。ただ、僕が世を去る時に、父が心残りを感じることがないようにしたいんだ。……こんな僕の我儘《わがまま》で申し訳ないけれど、一年だけ我慢してもらえる？　一年間の婚約の契約だと考えてもらって構わない」

（そんなご事情が、ライオネル様にあったなんて……）

エディスは、瞳にじわりと滲《にじ》みかけた涙を堪えながら、ライオネルに向かって口を開いた。

「もしも私でよいのなら、ライオネル様との婚約をお受けさせていただきます。ただ、私からも一つお伝えしておかなければならないことがあります」

エディスは、ライオネルのことを真《ま》っ直《す》ぐに見つめた。

「……義母も申していましたが、私はこの家に来て、まだ一年半程です。私の母は平民の出ですし、両親を事故で亡くしてこの伯爵家に引き取られるまでは、私も平民として過ごしておりました。貴族としての最低限のマナーも身に付いてはおりませんし、貴族として学んでいるべき教養もありません。ライオネル様にご迷惑をお掛けすることも多々あることでしょう。それでも構いませんか？」

「ああ、もちろんだ。そんなことは全く気にならないよ。……それに、」

ライオネルの瞳は、穏やかな光を湛《たた》えてエディスを見つめ返した。

「もし叶うなら、最後に君と過ごせたらと、今日君に出会って思ったんだ。君が僕との婚約を受けてくれて、嬉しいよ」

柔らかな笑みを浮かべたライオネルの言葉に、エディスの頰はふわりと赤く染まったのだった。

3　婚約者との同居が決まって

「父上。エディス様に、僕との婚約を受けていただけることになりました」

応接間から、エディスに車椅子を押されて出て来た息子の言葉に、グランヴェル侯爵は口元を綻ばせながら頷いた。

「それは何よりだ。エディス嬢、息子をよろしくお願いします」

ライオネルの車椅子を押すエディスに、グランヴェル侯爵は安堵《あんど》の混ざる温かな笑みを浮かべた。エディスは、彼に微笑みを返すと、丁寧に頭を下げた。

「こちらこそ、どうぞよろしくお願いいたします」

いつの間にかグランヴェル侯爵の隣に並んでいたエディスの義父母は、揃って満足げな笑みを浮かべていた。

「喜ばしいことだな。エディス、ライオネル様にしっかりと尽くすのだよ」

「そうね、エディス。ライオネル様に礼を欠くことのないようにね」

エディスには、義父母の頭に金勘定が浮かんでいる様子が透けて見えていたけれど、それに気付かないふりをして、神妙な面持ちで頷いた。

エディスの義母は、ライオネルの従者が、ライオネルの車椅子を押すエディスと場所を代わる様子を眺めながら、ふいに閃《ひらめ》いたように、ぱっと明るく顔を輝かせた。

「ねえ、エディス。ライオネル様は、日常生活でも支える人が必要なご様子よ。せっかくライオネル様と婚約したのだから、一番近くで彼を支えて差し上げたら？」

「ええと、お義母様。そうすることができればとは思っておりますが、それはどのような意味でしょうか……？」

義母の真意を図りかねて尋ねたエディスに、義母はにっこりと大きく笑った。

「あら、言葉通りの意味よ。あなたは、この家で特に何をしている訳でもないでしょう？　もしグランヴェル侯爵家にご了承いただけるなら、ずっとライオネル様のお側《そば》についていて差し上げたらと、そう言っているのよ」

「あの、この家の薬の商いについては……」

義母は、冷ややかな瞳でぴしゃりとエディスに言い放った。

「そのことは、エディスが考える必要はないわ。誰だって、あなたがやっていたことくらいはできるでしょう。……いかがでしょうか、侯爵様？」

「私共としましては、エディス嬢が息子の近くにいてくださるのなら歓迎しますし、すぐに空《あ》いている部屋をエディス嬢にご用意することもできますが……」

グランヴェル侯爵は、少し戸惑った様子の息子と目を見交わした。ライオネルは、静かに口を開いた。

「それでは、むしろエディス様のご迷惑になるのでは？　僕たちの立場からは歓迎なのは間違いありませんが、いくらそうだとはいえ、婚約したばかりでそのようなことをお願いするのは、エディス様の重荷になってしまうのではないでしょうか」

エディスは、ライオネルが確かに自分のことを気遣ってくれていることを感じながら、すぐさま首を横に振った。

「いいえ、ライオネル様。私が重荷に思うなどということはございません。ただ、私の方こそ、グランヴェル侯爵家にご迷惑をお掛けしないかという心配はありますが……」

最後は呟くような不安げな口調になったエディスに、侯爵は明るく笑った。

「エディス嬢さえ本当によろしければ、是非グランヴェル侯爵家にお越しください。エディス嬢のご用意ができたら、いつでも迎えに上がりますよ」

「なら、エディス。すぐに準備をして、明日にでも迎えに来ていただいたら？　善は急げって言うじゃない」

「……はい、わかりました。お義母様」

随分と早い日程の提示に、やや頭をくらくらとさせながらも、エディスは義母の言葉に頷いた。この機にエディスを家から追い出したい様子の義母は、エディスがオークリッジ伯爵家の薬の商いにどの程度関わっているのかも知らないようだった。

薬の調合をする人員も足りなければ、薬の在庫管理から帳簿付けに至るまで、見る限り穴だらけになっていた伯爵家の薬事業と、その不足部分に投入していた自分自身の時間を思い返しながら、エディスは内心で小さく溜息を吐いた。

(明日までに、使用人への引き継ぎの書類も作っておかないと。お義父様もお義母様も、ただ人任せにするばかりで大雑把なのだもの。心配だけれど、仕方ないわね……)

当初は、老衰で身体が弱り、家業に十分に目を配ることが難しくなってきていた祖父の同意を得て、オークリッジ伯爵家の薬事業に関わり始めたエディスだったけれど、きっと義母も義父も、もちろん義姉も、エディスがしていることなど関知しようともしていないのだろうと思った。

エディスをじっと見つめ、そして彼女の義父母にも視線を向けてから、ライオネルは口を開いた。

「では、また明日に、エディス様を迎えにオークリッジ伯爵家に伺います。……エディス、君をグランヴェル侯爵家に迎えることを楽しみにしているよ」

「こちらこそ、楽しみにしております。ありがとうございます、ライオネル様」

ライオネルの温かな言葉に、ほっと表情を緩ませたエディスを見て、彼は優しく微笑み掛けた。

オークリッジ伯爵家に来てからというもの、祖父以外に直接自分に関わりのある貴族といえば、義父母と義姉だけだったエディスには、今まで、貴族とはどこか高慢な人種のように感じられていた。けれど、ライオネルや彼の父のように、穏やかで上品な高位貴族がいるということに、エディスは新鮮な驚きを覚えていた。

エディスは、まだライオネルとは少し話しただけだったものの、彼の誠実で優しい人柄は伝わってきていた。これからライオネルと一緒の時間を過ごし、よりたくさん話せるということが、エディスにとっては嬉しく思えた。

ライオネル一行が馬車に乗り込んで帰路につき、小さくなっていく馬車の姿をエディスと義父母が見送っていると、どうやら近くで様子を窺《うかが》っていたと思われるダリアが、口元に薄い笑みを浮かべて、エディスたちの元へと近付いて来た。

つかつかとエディスに向かって歩み寄って来たダリアは、ご満悦の様子でエディスを眺めた。

「無事にライオネル様との婚約が調ったようね……！　あなたがこの家に来てから初めて役に立ったわね、エディス」

それだけ言うと、ダリアは父に向かって顔を顰《しか》めた。

「お父様。なぜ、ライオネル様があのような状態だと、事前に教えてはくださらなかったのですか？　ライオネル様のお身体のこと、お耳に入ってはいたのでしょう？」

「私も、さすがにライオネル様があそこまで悪くされているとは思わなくてな。彼が体調を崩されていたことは、お前に伝えていたつもりだったが……」

ダリアは、苛立《いらだ》ちを隠し切れない様子で父を睨《にら》んだ。

「ライオネル様が、あんなに骨と皮ばかりで、まるで死神のような醜い姿になっていると知っていたのなら、はじめからエディスにこの婚約話を押し付けたのに！」

「だが、お前に今日になって頼まれてからではあったが、結果としては、エディスを彼と婚約させられたじゃないか。これで当面の間は、この家は金銭的にも困らないはずだ」

表情に安堵を滲ませて、にっと口角を上げた父に向かって、ダリアは吐き捨てるように続けた。

「とんだ期待外れの縁談だったわ。……彼のあの酷い顔色を見たでしょう？　あんな人と婚約だなんて、あり得ないわよ。まるで、今にもあの世からの迎えが来そうに見えたわ」

ダリアに向かって、エディスは耐えられずに口を開いた。

「お義姉様！　いくら何でも、言ってよいことと悪いことがあると思います。ライオネル様とお話ししましたが、病を患っていらしても、お優しくて素敵な方でしたわ」

エディスの言葉に、ダリアはすっと冷たく目を眇《すが》めた。

「へえ、よかったじゃない？　平民上がりのくせに生意気なあなたになら、もしかしたらお似合いかもしれないわね。いくら侯爵家の長男だからって、私は絶対にご免だわ」

ふんと鼻を鳴らしたダリアに、母がにっこりと笑みを向けた。

「もう一つよい知らせがあるのよ、ダリア。エディスには、ライオネル様をお側で支えてもらうために、この家から出て行ってもらうことになったの。明日、エディスはグランヴェル侯爵家へと向かうのよ」

「まあ、それはよかったわ。借金が帳消しになる上に厄介払いもできて、一石二鳥ね」

瞳を輝かせたダリアは、意地悪くエディスを見つめた。

「せいぜい、貴族として失格だとグランヴェル侯爵家から追い出されないように努力することね。そんなことにでもなれば、このオークリッジ伯爵家の評判まで下げかねないのだから」

「……あのライオネル様のご様子からは、まあ、エディスが貴族に相応《ふさわ》しい振る舞いができなかったとしても、彼の話し相手くらいにでもなれれば十分なんじゃないかしら。それよりも、彼が天に召されて、エディスがこの家に戻って来るようなことにでもなれば困るわね」

顔を見合わせて笑った義姉と義母の姿を前にして、エディスは湧き上がる怒りに拳を握り締めていた。もう我慢も限界だった。

「ライオネル様は、きっと、いえ、絶対に回復なさいますわ。それが叶うように、私も彼をお支えいたします」

それだけ言い残すと、エディスは義父母と義姉に背を向けて、その場を早足で後にした。

4　温まった心

エディスが夜遅くまで、翌日の出立のために、引き継ぎ用の書類と荷物の準備をしていると、夜更けに、彼女の小さな部屋のドアが遠慮がちにノックされた。エディスがドアを開けると、そこにはオークリッジ伯爵家のメイドのローラが立っていた。エディスは、驚きながらも彼女を部屋に招き入れた。

「すみません、エディス様。夜分遅くにお邪魔してしまって」

恐縮した様子のローラに、エディスは穏やかに微笑み掛けた。

「いえ、大丈夫よ。どうしたの、ローラ？」

ローラは、オークリッジ伯爵家の中で、数少ないエディスの味方だった。今のオークリッジ伯爵家では、特にダリアが女王然としていて、彼女に口応えをしたり歯向かったりすると、露骨な嫌がらせを受ける。それが原因で辞めていった使用人も数多くいた中で、エディスと年も近いローラは、大人しい少女ではあったけれど、それでもエディスを陰で支えてくれていた。エディスがお嬢様と呼ばれることすら嫌がるダリアに目を付けられないようにと、ダリアの辛辣な態度に見て見ぬふりをして、腫れ物にでも触るかのようにエディスに対応する使用人も多かった中で、いつもそっとエディスを励ましてくれたのがローラだったのだ。

エディスがローラに座るよう勧めると、ローラは丁寧に頭を下げて、勧められた椅子に腰掛けてから口を開いた。

「エディス様、お噂《うわさ》は耳にいたしました。重い病を患っていらっしゃるライオネル様の婚約者として、明日グランヴェル侯爵家に向かわれるのでしょう？」

「ええ、そうよ。ローラも知っていたのね」

「はい。この家の中で噂が回るのは、早いものですから」

エディスは、感謝を込めてローラの瞳を見つめた。

「私、ローラに今までお世話になったこと、本当に感謝しているわ。明日の出立の前には、ローラに今までのお礼を伝えたいと思っていたのだけれど」

「そんな、私の方こそ、エディス様には感謝してもしきれないのですから。夜も遅い時間になってしまいましたが、明日エディス様がグランヴェル侯爵家に向かわれる前に、エディス様と二人でお話ししたくて、そしてどうしても改めてお礼をお伝えしたくて、ご迷惑を承知でここに来たのです。……エディス様は、体調を崩した私の祖母のために、特別に薬を調合してくださった時のことを覚えていらっしゃいますか？」

エディスは、ローラの問い掛けに頷いた。

「ええ、覚えているわ。私がこの家に来たばかりの頃、お祖母様《ばあさま》が倒れられたと聞いた時のことよね？」

「はい、そうです」

エディスは、オークリッジ伯爵家に来て間もなかった当時のことを思い出していた。普段は控えめなローラが、義父に向かって、祖母のためにオークリッジ伯爵家で扱っている薬を買いたい、どうにかして給金を前借りできないかと、必死になって懇願しているところを、エディスは偶然見掛けたのだった。

渋い顔をして首を横に振った義父に背を向けられてから、声を殺して泣いていたローラを見過ごすことができずに、エディスは彼女に声を掛けて事情を聞いた。エディスは、ローラの祖母の症状を聞いて、両親が営んでいた薬屋から持参していた手持ちの薬草を、いくつか煎《せん》じて薬を調合したのだ。ローラはその後、エディスの薬のお蔭《かげ》で祖母が元気になったと、幾度もエディスに頭を下げ

ていた。

ローラは、当時のことを思い返すように、少し俯《うつむ》くと遠い目をした。

「私にとってかけがえのない、唯一の肉親であり、育ての親でもある祖母が倒れて寝込んでしまったあの頃、私は絶望の淵《ふち》にいました。祖母はまだそれほどの歳《とし》でもないのに、一時は生死の境を彷徨《さまよ》ったほどで、お医者様にも診せたものの、完全な回復の見込みは薄いと言われていましたから。勤め先のこの伯爵家で扱っている、高価な薬をどうにか祖母に飲ませたいと思いましたが、それも叶いませんでしたし。でも、」

目の前のエディスに、ローラは視線を戻した。

「エディス様が祖母に調合してくださった薬を服用してからというもの、日に日に、祖母の身体は少しずつ快方に向かっていきました。今では祖母はすっかり回復し、以前にも増して快活に過ごしています。……私、祖母の身体が動くようになり、祖母の表情も憑き物が落ちたように明るくなっていく様子を側で見ていて、日々思っていたのです。まるで、魔法にかかっているようだと。このご恩は、決して忘れません」

「そんな、ローラ。私はできることをしただけだし、特に珍しい薬草を使った訳でもないのよ。それほどあなたに感謝してもらうような、たいしたことはしていないわ」

エディスは、気落ちした様子のローラを見て、彼女の祖母の回復を心から願いながら薬を調合していた。けれど、薬屋を営んでいた両親の元で、店を手伝っていた時にやっていたことと、取り立てて違うことをした訳でもなかったのだ。

ローラは、エディスの前で勢いよく首を横に振った。

「いえ、そんなことはありません。今まで、祖母も幾度か簡単な薬を飲んだことはありましたが、エディス様からいただいた薬は、今までの薬とは別物で、全く効き目が違うようでした。エディス様は、今も仰っていたように、特別なことをしていらっしゃるご自覚はないようでしたが……エディス様に会いに来たのは、今一度、どうしてもそのことをお伝えしたかったからなのです」

真剣な表情で、ローラはエディスの瞳をじっと見つめた。

「ライオネル様の病は、相当重いようだとの噂も耳にしましたが、エディス様なら奇跡を起こせるのではないかと、私はそう信じています。寂しくはなりますが……エディス様がグランヴェル侯爵家で幸せに過ごせますよう、心からお祈りしております」

そう言って、瞳に薄《うっす》らと涙を浮かべて微笑んだローラの両手を、エディスはぎゅっと握った。

「ありがとう、ローラ。あなたのお蔭で、とても励まされたわ。……私、お義母様やお義姉様の前でも、ライオネル様が回復するようにお支えすると、そう大口を叩《たた》いてしまったのだけれど、本当に自分にその役割が担えるのか、不安に感じているところもあったの。むしろ、彼の足を引っ張ってしまったらどうしよう、って。でも、あなたの言葉を聞いて勇気をもらったわ。ライオネル様のために、とにかく自分にできる限りのことをしようって、覚悟も決まったわ」

エディスは、ローラに向かって晴れやかな笑みを浮かべた。

「ローラも、どうか元気で過ごしてね。あなたの幸せも願っているわ」

「ありがとうございます、エディス様」

部屋から出て行くローラを見送ってから、エディスは温まった心を抱えて翌日の準備を終えると、静かに小さな鞄《かばん》を閉じたのだった。

第二章

1　グランヴェル侯爵家へ

エディスがライオネルと会い、二人の婚約が調《ととの》った翌日、グランヴェル侯爵家の立派な馬車が、約束通りにエディスを迎えに来た。

従者の助けを借りて馬車から降りたライオネルの顔色が、昨日よりもさらに青ざめているように見えて、心配になったエディスは、慌てて彼の元へと駆け寄った。

「ライオネル様、来てくださってありがとうございます。あの、お身体《からだ》の具合は……」

「ああ、大丈夫だよ。それに、君の姿を見たら元気が出たようだ」

そう言って笑みを浮かべたライオネルが、身体の痛みに耐えて無理をしている様子なのを悟って、エディスは心苦しくなった。あまり外で長時間過ごすことは、ライオネルの身体に障《さわ》るのだろうと、エディスは急いで口を開いた。

「私の方こそ、ライオネル様にお会いできて嬉《うれ》しく思いますわ。もうすっかり準備もできておりまして、後は迎えに来てくださったこちらの馬車に乗り込むだけですので、早速参りましょうか」

エディスがちらりと後ろを振り返ると、彼女の義父母と義姉が、愛想笑いを顔に張り付けて見送りに来ている様子が目に入った。

ライオネルに続いて馬車から降りた彼の父に向かって、エディスの義父は丁寧に頭を下げた。

「侯爵様。至らぬところもあるかと思いますが、エディスをよろしくお願いいたします」

「いえ。エディス嬢のような方が息子と婚約してくださって、こちらこそありがたく思っていますから」

エディスの義父は、グランヴェル侯爵からエディスに視線を移した。

「もったいないお言葉をいただいたな、エディス。失礼のないようにな」

「はい、お義父様《とうさま》。皆様、どうぞお元気で」

小さな鞄《かばん》を一つ抱えたエディスの視界には、彼女を見つめて、そっと小さく手を振るローラの姿も映っていた。エディスは、ローラに目配せをして微笑《ほほえ》みを浮かべてから、オークリッジ伯爵家に背を向けた。

エディスが、小さくなっていくオークリッジ伯爵家の屋敷《やしき》を、やって来てからの一年半を思い返しながら、多少の感慨を持って馬車の窓から眺めていると、彼女の正面に座るライオネルから、気遣わしげに声が掛かった。

「オークリッジ伯爵家を出るのは、やはり寂しさもあるのかな、エディス？」

「いえ、この一年半のことを思い出していただけですから。お気遣いをありがとうございます、ライオネル様」

揺れる馬車の中で少し声を震わせ、苦しげに息を吐いたライオネルが、一層身体の辛《つら》さを必死に我慢しているように見えて、エディスは思わず続けた。

「あの、馬車の中はどうしても揺れますし、ライオネル様がお辛く感じるところもあるでしょう。差し出がましいようですが、少し目を閉じて休まれてはいかがでしょうか？　……私は、これからグランヴェル侯爵家にお世話になりますし、ライオネル様と一緒に過ごさせていただく時間もたっぷりありますので、私にはどうかお気遣いなさいませんよう」

エディスは、ライオネルが余命一年と聞いてなお、それをそのまま受け入れるつもりはなかったので、あえて、時間がたっぷりあるという言い方をした。ライオネルに試して欲しい薬も、エディスの頭には既にいくつか浮かんでいた。

ライオネルは、そんなエディスの意図を汲《く》み取《と》ったかのように、ふっと微笑んだ。

「温かな言葉をありがとう、エディス。余裕がなくてすまないが、君の優しさに甘えることにするよ」

そうエディスに言葉を返したライオネルは、その落《お》ち窪《くぼ》んだ瞳をゆっくりと閉じた。間もなく、微《かす》かなライオネルの寝息がエディスの耳に届いた。不規則で、少し苦しそうな彼の寝息にエディスが耳を澄ませていると、エディスの隣に座っていたグランヴェル侯爵が、小声でエディスに囁《ささや》き掛けた。

「エディス嬢、息子への気遣いをありがとうございます」

「いえ。それに、私のことはエディスとお呼びくださいませ」

グランヴェル侯爵は、柔らかな表情でエディスを見つめた。

「承知したよ、エディス。あなたは、心の優しい女性だね。病を患うライオネルがどのように感じているのかに、常に気を配ってくれていることがよくわかる。あなたのような得難い人がライオネルの婚約者になってくれて、どれほど幸運かと思うよ」

彼は、ちらりと息子に気遣うような視線を向けた。

「あなたが察してくれた通り、ライオネルの身体は酷《ひど》く消耗しているようでね。彼が連日外出するのは、かなり久し振りのことなんだ。恐らく、ライオネルの性格からして、昨日あなたと二人きりになった時に、正直に病状を伝えているのだろうとは思うが……」

静かにこくりと頷《うなず》いたエディスに、彼は続けた。

「私は、決してライオネルの命を諦めた訳ではない。けれど、その一方で、もしも医師の言うように、彼の命が尽き掛けているのだとすれば、限られた時間の中で、できるだけ彼の人生を幸せなものにしてやりたいとも思っているんだ。……少し、矛盾するようだがね」

辛そうに顔を歪《ゆが》めながら、グランヴェル侯爵は、呟《つぶや》くような調子で言った。

「ライオネルは、親の私が言うのも何だが、昔から優しくて賢い、真《ま》っ直《す》ぐな子でね。私も、彼には大きな期待を寄せていた。それが、こんな大病を患ってしまって……。それでも必死に前を向いて、家族に迷惑を掛けまいとする彼が、不憫《ふびん》でならなくてね。ライオネルには、家族からだけでは与えてやれない愛情もある。金銭的な事情を盾に婚約の話を持ち込んだ私に、エディスにこんなことを言う権利はないかもしれないが、婚約者という立場から、息子に温かな愛情を向けてもらえたら、とてもありがたいんだ」

グランヴェル侯爵は、エディスに向かって深く頭を下げた。

「グランヴェル侯爵家に来ることに同意してくれて、本当にありがとう、エディス。息子のことをよろしく頼みます」

（ライオネル様のことを心から大切になさっている、温かなお父様ね）

エディスの脳裏を、優しかった両親の姿が、彼に重なるようにふっとよぎった。頭を下げた侯爵を前に恐縮しながらも、エディスは、ライオネルを起こさないよう抑えた声で、しかしはっきりと答えた。

「私も、ライオネル様のお命を諦める気は全くございませんわ。それに、辛いお身体を抱えながらも、優しいお気遣いを忘れないライオネル様を尊敬しております。私にできる限り、彼をお支えするために力を尽くさせていただきます」

グランヴェル侯爵は、エディスの言葉を聞いて、彼女に向かって笑い掛けると、目尻に滲《にじ》んだ涙を指先でそっと拭った。

＊＊＊

グランヴェル侯爵家の大きな外門を馬車が潜った。速度を落とした馬車が屋敷まで続く石畳の道をごとごとと通り抜けると、屋敷の前で止まった馬車の中、グランヴェル侯爵が息子の肩を優しく揺すった。

「屋敷に着いたぞ、ライオネル」

薄く瞳を開いてから幾度か目を瞬《まばた》いたライオネルは、父の言葉に頷くと、正面に座っているエディスを見て穏やかに微笑んだ。

「すっかり君の気遣いに甘えてしまったが、お蔭《かげ》で体調も落ち着いたよ。ありがとう」

「それは何よりです、ライオネル様」

（よかった。ライオネル様、顔色も少しよくなったみたいね）

ほっと胸を撫《な》で下《お》ろしたエディスは、馬車から降りるライオネルに従者と一緒に手を貸して、彼を車椅子に乗せると、目の前に立つ立派な屋敷を見上げた。

歴史を感じさせる上品な佇《たたず》まいの屋敷は、オークリッジ伯爵家とは比べものにならないほど大きく、エディスは小さく息を呑《の》んだ。

屋敷の前には、既に幾人かの使用人たちが並んでおり、屋敷の玄関の扉からは、ちょうど一人の青年が走り出て来るところだった。馬車の前まで軽い足取りで駆けて来た青年は、ライオネルとその父を見てにっこりと笑った。

「兄さん、父上！　お帰りなさい。ああ、そちらが……」

ライオネルと同じ黒髪で、ライオネルよりも紫寄りの瞳をした、年の頃はエディスと同じくらいと思《おぼ》しき青年は、人好きのする笑みをエディスに向けると、彼女に右手を差し出した。

「ようこそグランヴェル侯爵家へ、エディス様。俺はクレイグ、ライオネルの弟です」

クレイグは、端整で品のある顔立ちをしていて、ライオネルの面立ちともどこか似ていた。エディスは、やはり二人は兄弟なのだなと感じながら、クレイグに微笑みを返すと、少し緊張しながらも彼の右手を握り返した。

「初めまして、クレイグ様。オークリッジ伯爵家から参りましたエディスです。これから、どうぞよろしくお願いいたします」

「こちらこそよろしくね、エディス様。それから、向こうにいるのが……」

クレイグが振り返った先に視線を向けると、玄関の扉に半ば隠れるようにして、艶のある黒髪に赤紫の瞳をした、まだ七、八歳と思われる幼い女の子が、エディスのことを見つめていた。

「こちらが、妹のアーチェです。アーチェ、兄さんの婚約者のエディス様だよ。ご挨拶なさい」

その場からじっと動かないまま、無言のままでぺこりと頭を下げたアーチェに、エディスも丁寧にお辞儀を返した。

「私はエディスと申します。こんにちは、アーチェ様」

警戒心の強い小動物のように、大きな瞳でじっとエディスを見つめるアーチェを見て、エディスは思わず口元を綻ばせた。

(何て可愛《かわい》らしいのかしら……！)

エディスはつい、にこにこと笑ってアーチェに小さく手を振った。一人っ子で、兄弟姉妹に憧れていたエディスにとって、ライオネルに弟妹がいることは、少し羨ましくもあった。

ライオネルは、扉の陰から出て来る様子のないアーチェの姿を見て軽く苦笑すると、エディスに向かって口を開いた。

「すまないね、エディス。数年前に母を亡くした影響もあるのか、アーチェは人見知りが激しくてね」

「いえ、ライオネル様。弟君《おとうとぎみ》がいらっしゃるというお話は伺っていましたが、可愛い妹さんもいらしたのですね」

にこやかに目を細めてアーチェを見つめるエディスの姿に、ライオネルも安心したように微笑みを浮かべた。

「ああ、そうなんだ。アーチェは、僕や弟とはかなり年が離れているのだが、なかなかませた女の子でね。エディスにならそのうち心を開くと思うのだが、気長に待ってやってもらえればと思うよ」

「はい。いつか、アーチェ様とも仲良くなれたら嬉しく思います」

まだ探るような視線でエディスを見ていたアーチェだったけれど、エディスには、そんなアーチェの姿も愛らしく思えた。まるで小さな妖精のようなアーチェが微笑む姿も、いつの日か見られたらと思いながら、エディスは、持参した小さな鞄を持ってくれた使用人に頭を下げると、ライオネルたちと一緒にグランヴェル侯爵家の屋敷へと入って行った。

2　ライオネルの発熱

エディスは、侯爵に続いてグランヴェル侯爵家の屋敷の玄関を潜ると、従者に代わってライオネルの乗った車椅子を押しながら、優美に設《しつら》えられた長くて広い廊下を歩いていた。

平民として両親と過ごしていた時期が長く、こぢんまりした家に慣れ親しんでいたエディスは、オークリッジ伯爵家に引き取られた時も、あまりの屋敷の広さと豪華さに眩暈《めまい》を覚えたものだった。けれど、それに輪をかけて立派なグランヴェル侯爵家の屋敷に、エディスはすっかり圧倒されていた。

グランヴェル侯爵に並ぶようにして、エディスがしばらく車椅子を押していると、ライオネルは、一階の廊下をしばらく進んで折れたところにある一室の前で、エディスのことを振り返った。

「エディス、ここが君の部屋だよ」

侯爵が部屋のドアを開くと、その向こう側には、広々とした品の良《い》い空間が広がっていた。部屋の中央で控えめな輝きを放つシャンデリアの下には、艶のあるマホガニーのテーブルと椅子が置かれ、部屋の奥には、雰囲気のあるアンティークの鏡台とクローゼット、そして天蓋付きのベッドが並んでいる。壁には数枚の、名のある画家が描いたのであろう風景画が飾られていた。

一見して質の良さが感じられるものばかりに囲まれながらも、それでいて華美に過ぎずに温かみのある、居心地の良さそうな部屋だった。中庭に面した広々とした窓からは、温かな陽射《ひざ》しが差し込んでいた。

まるで美しい絵の中に迷い込んでしまったような気分で、現実感のないままに、ぼんやりと部屋の中を見回していたエディスを、ライオネルが少し不安げに見つめた。

「どうかな、君に気に入ってもらえただろうか。もし気に入らなかったようなら、遠慮なく教えて欲しい」

　エディスは、ライオネルの言葉に慌てて答えた。

「あの、私にはもったいないようなお部屋で、驚いてしまいまして……。本当に、こんなに素敵なお部屋を使わせていただいてもよろしいのですか？」

　ライオネルは、安堵《あんど》の表情を浮かべて父と視線を交わすと、にっこりと頷いた。

「ああ、もちろんだよ。この部屋は君のために用意したのだから。足りないものがあれば、何でも言って欲しい」

「いえ、私にはもう十分過ぎますから」

　エディスは、贅沢《ぜいたく》な家具類の置かれた、広過ぎるようにも思われる部屋を見ながら、オークリッジ伯爵家の離れにあった自室のいったい何倍分あるのだろうと考えていた。けれど、せっかく自分のために用意をしてもらったこの部屋を、ありがたく使わせてもらうことにした。

　グランヴェル侯爵が、息子の言葉を継いで、エディスに向かって口を開いた。

「それから、エディスに侍女を用意しようと思っているのだが……」

　エディスは、今度ばかりは、侯爵の言葉に首を横に振った。

「あの！　私は平民暮らしが長く、一通り身の回りのことは自分でできますから、侍女までご用意いただかなくて大丈夫です。その方が、私としても気楽ですから。オークリッジ伯爵家でも、私に侍女はおりませんでしたし」

　侯爵は、息子と顔を見合わせたものの、エディスの言葉に頷いた。

「ああ、わかったよ。あなたが慣れたやり方で、過ごしやすい方がいいだろうからね」

ライオネルも、再度エディスを振り返った。

「……ただ、もし君の気が変わることがあれば、遠慮なく言って欲しい。そうしたら、いつでも侍女をつけるからね」

「温かなご配慮をありがとうございます、ライオネル様」

微笑みを浮かべたエディスに向かって、ライオネルは笑みを返すと、窓から覗《のぞ》く中庭に目を向けた。

「僕の部屋も、この中庭に面した部屋なんだ」

「息子は車椅子を使うから、一階の方が何かと都合が良くてね。また、後で改めて屋敷の中を案内するが、次は息子の部屋を案内するよ」

「はい、お願いいたします」

エディスの部屋からも程近いライオネルの部屋は、深い艶のある書棚に、書き物机と椅子、そしてベッドが並んでいるほかは、整っていて物の少ない、すっきりとした部屋だった。几帳面《きちょうめん》そうにも見えるライオネルの性格が現れているように、エディスには思えた。

ライオネルは、申し訳なさそうに顔を翳《かげ》らせながらエディスを見つめた。

「せっかくエディスに来てもらったばかりなのにすまないが、僕は、一度ベッドに戻って休ませてもらってもいいだろうか?」

「もちろんです、ライオネル様。体調が優れない中で、今日はわざわざオークリッジ伯爵家まで迎えに来てくださって、感謝しております」

エディスは、従者の手を借りて、ライオネルの身体を車椅子から抱き起こすとベッドへと横たえた。従者の手助けが不要なほどに軽いライオネルの身体に、エディスの胸は痛んだ。

（あら……？）

少し顔色が良くなっていたように見えていたライオネルだったけれど、エディスは、触れたライオネルの身体に熱を感じたような気がして、彼の顔をじっと見つめた。少し苦しそうに呼吸をする彼の顔にほんのりと赤みを感じたエディスは、思わず口を開いた。

「ライオネル様。少し失礼して、額に触れさせていただきますね」

身体を横たえたまま、大人しく頷いた彼の額に手を当てると、エディスの顔からすうっと血の気が引いた。

「大変、熱があるわ……！　すみません、無理をさせてしまって」

「いや、これくらいはよくあることだから、心配ないよ」

弱々しく笑ったライオネルと彼の父に、エディスは尋ねた。

「私、ある程度、家から薬を持参しているのです。よかったら、ライオネル様にお持ちしても構いませんか？」

「ああ、ありがとう」

エディスは、さっき荷物を置いたばかりの自室へと、すぐに急ぎ足で向かった。

＊＊＊

自室に戻ったエディスは、鞄の中から、年季の入った大型の薬箱を取り出した。エディスがグランヴェル侯爵家に持参した荷物の中で、多少の衣類以外で、最も場所を占めていたのがこの薬箱だと言ってよかった。エディスが実家にいた時から使っていたものだ。

エディスはその薬箱を手にすると、すぐさまライオネルの部屋へと戻った。

「お待たせしました、ライオネル様」

首を少しエディスに向けて微笑んだライオネルと、興味深そうにエディスの手元の薬箱を見つめる彼の父と従者の前で、エディスはその薬箱の蓋を開けると、慣れた手付きで茶色の小瓶を取り出した。発熱の症状を緩和し、熱による体力の消耗を抑える薬効のある花の蜜に、自己治癒力を高めると言われる薬草から抽出したエキスを合わせて、エディスが作ったシロップが入っているものだ。

それから、エディスは薄緑色の粉薬が入った小さな袋も手に取った。この粉薬は、喉の炎症を抑えて呼吸を楽にするハーブを、エディスが数種類混ぜてすり潰したものだった。

ライオネルの部屋に用意されていた水差しとグラスを見つめて、エディスはグランヴェル侯爵に尋ねた。

「こちらのお水を、少しいただいても?」

「ああ、好きに使ってくれて構わないよ」

エディスは、グラスに粉薬を少し入れ、水差しからそこに半分ほど水を注ぐと、小瓶からシロップを数滴垂らして、グラスをくるくると揺すって中身を混ぜた。

(少しでも、ライオネル様のお身体が快方に向かいますように)

エディスは、心の中でそう願いながら作った、グラス半分程の淡緑色の液体を見つめると、辛そうな様子のライオネルに向かって口を開いた。

「ライオネル様、こちらを飲んでいただくことはできますか？　薬効のあるシロップを中心に、ハーブで作った粉薬を合わせたもので、比較的飲みやすいとは思います」

「ありがとう、エディス。いただくよ」

エディスは、ライオネルに手を貸して、彼の上半身をそっと抱き起こすと、グラスに手を添えて、彼がグラスの中身を飲み終える様子を見守っていた。

ライオネルは、空になった手元のグラスを見てからエディスに微笑み掛けた。

「君の言う通り、とても飲みやすかったよ。微かな甘味があって、香りも爽やかだった」

ほっとしたように、エディスもライオネルに笑みを返した。

「それは良かったです。熱や息苦しさ、それに体力の低下に効く薬ですので、お身体が少しでも楽になればと思います」

侯爵は、目の前の二人の様子に温かな眼差《まなざ》しを向けると、従者に目配せをして椅子から立ち上がった。

「エディス、どうもありがとう。私たちがこの場にいなくても、どうやら大丈夫そうだね。私たちは先に失礼して、君たち二人をこの部屋に残しても構わないだろうか」

「はい、私はもちろん構いません」

穏やかに笑ったエディスに向かって頷いたグランヴェル侯爵は、従者と共にライオネルの部屋を後にした。

エディスは、彼らの後ろ姿を見送ってから、上半身を起こしたままのライオネルに、気遣わしげな視線を向けた。

「あの、ライオネル様が、もしお一人の方が休まるようでしたら、すぐに私は失礼いたしますので、遠慮なく仰《おっしゃ》ってくださいね」

ライオネルは、静かに首を横に振った。

「いや、エディス。君がよければ、もう少しここにいてくれたら嬉しいよ。……不思議なのだが、君が作ってくれた薬を飲んだばかりなのに、もう、身体が軽くなってきたような気がするんだ。エディス、君のお蔭だね」

エディスも、どこか明るくなったライオネルの表情を見て、にっこりと笑った。

「私、ライオネル様は絶対に回復なさると信じていますから。私にできることがあれば、何でも仰ってくださいね」

ライオネルは、エディスの言葉に嬉しそうに頰を染めてから、不思議そうに彼女のことを見つめた。

「君は、オークリッジ伯爵家に引き取られてから日が浅いと言っていたけれど、随分と薬に詳しいようだね。薬のことは、オークリッジ伯爵家で学んだのかい？」

「いえ。私の両親が、以前田舎町で小さな薬屋を営んでおりまして、両親の手伝いをするうちに覚えたのです。両親は不幸な事故で他界してしまいましたが、父も母も温かな人で、薬のこともたくさん教えてくれました」

昔を懐かしむような口調でそう言ったエディスを見つめ、ライオネルは優しい笑みを浮かべた。

「エディス。僕は、まだ君のことをあまり知らない。よかったら、君のことをもっと教えてもらえないだろうか」

エディスはライオネルの言葉に頷くと、勧められるままに、彼の前の椅子に腰を下ろした。

3　和やかな時間

椅子に腰掛けたエディスは、ベッドから上半身を起こしたライオネルと、視線の高さがほぼ同じになった。近くで見る、穏やかな色を湛《たた》えた彼の青紫色の瞳を、エディスはやはり美しいと思った。間近に彼の視線を感じて、多少の気恥ずかしさを覚えながらも、エディスは口を開いた。

「改めてお話ししようと思うと、何から話せばよいか、迷ってしまいますね。侯爵家のライオネル様に、平民だった私の話をしても、興味を持っていただけるのか、あまり自信はないのですが……」

ライオネルは、エディスの言葉に温かな笑みを浮かべた。

「君のことなら、何だって知りたいと思うよ。君は、僕が今までに会ったことのある令嬢方とは、誰とも違っている。僕にとって、好ましい意味でね。だから、平民として暮らしていた時の君の話も聞かせて欲しいんだ。……僕が君に興味を惹《ひ》かれているのは、もちろん、単に平民か貴族かといった過去の身分の違いで一括《ひとくく》りにできるものではなくて、君自身の魅力によるものだけれどね。だから、何でも気兼ねなく、君のことを教えて欲しい」

彼の言葉に、エディスは頬に血が上るのを感じながら微笑んだ。

「では、私がオークリッジ伯爵家に引き取られることになった経緯からお話しいたしますね」

エディスは、事故で両親を亡くしてから、エディスを迎えに来た祖父の存在によって初めて父が伯爵家の出だと知り、オークリッジ伯爵家に引き取られて叔父の養子に入ったことを、かいつまんで話した。ライオネルは、頷きながら、エディスの話に静かに耳を傾けていた。

エディスは、父母を恋しく思い出しながら言葉を続けた。

「私、両親と一緒に田舎町で暮らしていた時は、まさか父が貴族家の出身で、駆け落ち同然で実家の伯爵家を出ていたなんて、夢にも思いませんでした。父はすっかり、平民の暮らしに溶け込んでいましたから。父は母のことをとても大切にしていて、普通の仲の良い家族だったのです」

「君が温かな家庭で大切に育てられたのだろうということは、君といると、自然と感じられるよ。ご両親を亡くされて、辛い思いをしたね。……駆け落ちして家を出てまで一緒になることを選ぶなんて、君のお父様は、お母様のことを余程愛していたんだね」

エディスは、ライオネルの言葉にふっと笑みを零《こぼ》した。

「父が旅先で高熱を出して倒れた時に母に助けられたことが、二人の出会いのきっかけだったと、そう父からは聞きました。母の作った薬と献身的な看病で全快した父は、母に惚《ほ》れ込《こ》んでしまったそうです」

ライオネルも、エディスの話に目を細めた。

「良い話だね。……てっきり、オークリッジ伯爵家出身の君のお父様が薬に詳しいのだと思っていたけれど、君のお母様も、薬に明るかったんだね」

「ええ。父は、薬の知識は豊かでしたが、むしろ、母の方が薬作りには長《た》けている印象でした。薬草を煎《せん》じて薬にし、どのように調合すればよいのかは、母に学んだことの方が多かったですね」

「その知識を活《い》かして、君はオークリッジ伯爵家の薬の商いにも携わっていたのだろうか？　確か、君は家の商いも手伝っていた様子だったね」

エディスは、彼女が義母に言い掛けた言葉をライオネルが覚えていたことに驚きながら、彼の言葉に頷いた。

「はい、ある程度は。ですが、祖父が存命の際に手伝い始めたオークリッジ伯爵家の薬の商いは、あくまで決まった種類の、常時卸していた薬に関するものでした。私が両親の薬屋を手伝っていた時は、一人ひとりの患者様の症状に合わせて薬を調合していたので、少し、内容は異なりますね。……両親の営んでいた薬屋は小さなものでしたが、薬はよく効くと、たくさんの人が足を運んでくださったのですよ」

エディスは、こぢんまりとした田舎町にいた頃、回復した患者がお礼にと、野菜や果物、蜂蜜にチーズといった、自分の家で作ったものを笑顔で両親に差し入れに来てくれた光景を思い出していた。エディスの両親は、元気になった彼らのことを、いつも嬉しそうに眺めていた。

ライオネルは、エディスを見つめて微笑んだ。

「何となく、想像がつくよ。きっと、地域の人々に愛されていたのだろうね」

「薬作りに使用している薬草自体は、そう珍しくはないものが多かったのですが、母は、よく私に言っていました。患者の症状をよく聞いて、彼らの回復を願いながら、薬の調合をするのがコツなのだと」

エディスは、笑顔を絶やさぬ優しい女性だった母を思い出していた。母から教わった通り、エディスも、薬を調合する時にはいつも、飲む人が良くなるようにと願いを込めるようにしていた。

「……君の作ってくれた薬がよく効いているように感じるのは、君が僕の身体の回復を願ってくれたからなのかな」

「ふふ、そうかもしれませんね。ライオネル様が治るようにと、気持ちはしっかりと込めていますから」

ライオネルとエディスは、にこやかに笑みを交わすと、そのまましばらく他愛もない会話を続けた。ライオネルは、高位貴族だというのに気取ったところがなく、エディスにとってもとても話しやすかった。

ライオネルとつい話し込んでしまい、いつの間にか、窓から差す陽が随分と高くなっていることに気付いたエディスは、はっとしてライオネルに尋ねた。

「すみません、すっかり話し込んでしまって。……もうすぐお昼ですね。ライオネル様は、お疲れではありませんか？　それに、お腹《なか》が空いてはいらっしゃらないでしょうか」

すっかりエディスと打ち解けた様子のライオネルは、明るい瞳で嬉しそうに彼女を見つめた。

「こんなに楽しいひとときを過ごしたのは久し振りで、僕も時間が経《た》つのを忘れていたよ。もう、昼時になっていたんだね。疲れはまったく感じないよ。普段はあまり食欲が湧かないのだが、今日は、少し空腹を感じるな。こんなに体調が良く感じることも、滅多になかったのだけれどね」

ライオネルの表情が活き活きとしている様子を見て、エディスも喜びにじわりと胸が温まるのを感じていた。

「ライオネル様、食欲が出ていらしたというのは何よりですね。しっかりと食事が摂《と》れれば、体力の回復にも繋《つな》がりますし。……ライオネル様には、お好きな料理や食べ物はあるのですか？」

エディスの言葉に、ライオネルは少し眉を下げて笑った。

「昔は僕にも色々と好きなものがあったのだけれど、今は消化の悪いものは胃が受け付けてくれないんだ。それに、なかなか食欲が湧かないものだから、普段は、規則的な時間に家族と一緒に食事を摂ることが難しくてね。大抵、胃に負担の少ないものを、この部屋に運んでもらって食べているんだよ」

「そうなのですね……」

家族とは別に、一人自室で食事を摂るライオネルの姿を想像して、エディスの胸はつきりと痛んだ。

その時、部屋のドアがノックされ、グランヴェル侯爵の顔が扉の向こう側に覗いた。

「ライオネル。……おや、エディスもまだそこにいたのだね」

息子のライオネルが、瞳を輝かせてエディスと向き合っている様子と、二人の打ち解けた雰囲気に、侯爵は心を打たれた様子で微かにその両目を潤ませた。

「邪魔をしてしまってすまなかったね。ライオネルには、今日の昼食の相談をしようと思って来たんだ。エディスにも聞きたかったから、ちょうど良かったよ」

彼は、エディスに感謝を込めて微笑んでから続けた。

「今日は、もしライオネルの調子が良ければ、エディスの歓迎の意味を込めて、エディスを囲んで皆で昼食を摂ることも考えていたんだ。だが、先程のライオネルの体調を見た限りでは、少し難しいようにも思う。どうしたものかと思ってね」

エディスは、多少食欲が湧いた様子のライオネルを見ながらも、それでも彼に無理をさせてはならないと思った。それに、彼が皆と一緒のメニューを摂ることも、きっと難しいのだろうと察しがついたエディスは、グランヴェル侯爵に向かって視線を上げた。

「もし差し支えなければ、私は皆様とは別に、今日はライオネル様と一緒に昼食を摂らせていただいてもよろしいでしょうか？」

「ああ、もちろんだ。エディス、あなたの分の昼食は、ここに運んで来ればいいかな？　ライオネル、君には何か消化の良さそうなものを用意させるよ」

「あのう……」

エディスは、躊躇《ためら》いがちに侯爵に尋ねた。

「恐縮なのですが、可能でしたら、キッチンを少し貸していただいても？　私の家でよく作っていた薬草粥《がゆ》を、もしライオネル様がお嫌でなければ、作って差し上げたいのですが」

彼は、嬉しそうな様子のライオネルを見て、口元を綻ばせると頷いた。

「ああ、こちらこそ助かるよ。エディス、あなたは料理もできるのだね」

「ええ、一応は。庶民的な料理だけではありますが、以前はよく作っておりましたので」

「料理人たちが普段使う大きなキッチンとは別に、もう一つ、この部屋からそう遠くないところに小さなキッチンがあるんだ。よかったら、そこを使って欲しい。これから、いつでも好きに使ってもらって構わないよ。後で使用人に案内させよう。必要な材料も用意させるよ」

「ありがとうございます。それから、薬草粥は私の分も合わせて二人分作りますので、私の分の昼食は不要です」

ライオネルも、エディスに向かって微笑みを浮かべた。

「ありがとう、エディス。君の手を煩わせてしまうのは申し訳ないが、是非、その薬草粥を食べてみたいよ。……父上、まだ僕の身体は本調子ではありませんが、さっきエディスが作ってくれた薬のお蔭で、随分と楽になったのですよ」

「よかったな、ライオネル。それに、表情まで別人のように明るくなったようだね。エディス、本当にありがとう」

エディスが、部屋を後にする侯爵の背中を見送ってから、ライオネルに視線を戻した時、彼の背中越しに見える中庭に面した窓の外で、植え込みの一部がかさりと動いたように見えた。

（……？）

エディスが思わず目を凝らすと、植え込みの陰から、アーチェの赤紫色の瞳が覗いていることに気が付いた。エディスと目が合うと、彼女は驚いたように目を見開き、身体を翻《ひるがえ》して走り去って行ってしまった。

（アーチェ様、いつからあの場所にいらしたのかしら。私たちのことを、見ていらしたのかしら……？）

エディスは内心で首を傾《かし》げた。程なく、エディスをキッチンに案内するための使用人が彼女を迎えに来たために、エディスはいったん、ライオネルの部屋を後にした。

4　昼食を囲んで

「お待たせしました、ライオネル様」

エディスは、大ぶりの木のトレイの上に、湯気の立つ薬草粥の入った皿二つと琺瑯《ほうろう》の鍋を載せて、ライオネルの元へと運んで来た。食欲をそそる香りが、あっという間に室内に満ちる。

「いい香りだね、美味《おい》しそうだ」

「お口に合うとよいのですが……」

粥の入った皿を一つ手に取って、スプーンと一緒にライオネルに差し出そうとしたエディスだったけれど、少し元気が出て来た様子とは言え、まだ手元が覚束《おぼつか》ない様子のライオネルを見て、一度皿を引っ込めた。そして、スプーンに一口分の粥を載せると、ライオネルの口元へと運んだ。

「ライオネル様。まだ多少熱いですので、お気をつけて召し上がってくださいね」

「……あの、エディス？」

口元にスプーンを差し出され、戸惑った様子のライオネルの頰は、まだ顔色が悪い中でもはっきりとわかるほどに、恥ずかしげに染まっていた。

「さすがに、ここまで君に甘えるのは恥ずかしいのだが……」

エディスは、頰に血を上らせたライオネルを見て、くすくすと小さく笑った。

「そんなお顔をなさらないでください。薬草粥の入ったお皿も重いですし、今日は、婚約者になった私にこれくらいさせてください。まずは、ライオネル様に元気になっていただくのが一番ですから」

ライオネルが口を開くことを待っているエディスを見て、彼も覚悟を決めたようにようやく口を開け、エディスが運んだスプーンから粥を口にした。粥を口に含んだライオネルの顔が、途端に輝いた。

「……!!　これは美味しいな」

「本当ですか？」

「ああ。薬草粥というけれど、薬独特の匂いは感じないし、代わりにスパイスのような風味があって、とても美味しいよ。いつも僕が食べていた粥は、正直なところ少し味気なかったのだけれど、これは食べるほどに食欲が湧くようだね。いくらでも食べられそうだし、身体の内側から温まるよ

うだ」

「ふふ、そう言っていただけると私も嬉しいです。これは母から教わったレシピで、実は効能の高い様々な薬草が隠し味に入っているのですよ。たくさん作ってありますので、おかわりが召し上がれそうなら仰ってくださいね」

この薬草粥も、エディスは、ライオネルの身体に効くようにとの願いを込めて作っていた。にっこりと嬉しそうに顔いっぱいの笑みを浮かべたエディスを見て、ライオネルはさらに頬を染めると、独り言のように小さく呟いた。

「これは、心臓に悪いな……」

「？　ライオネル様、今何か仰いましたか？」

「いや、何でもないよ。だが、君が婚約者になってくれてよかったと、僕が心の底から思っていることは確かだ」

あまりにライオネルが眩《まぶ》しそうにエディスを見つめるので、エディスの頰もふわりと染まった。照れ隠しのように、エディスは次の一口を載せたスプーンをライオネルの口元へと運び、今度は彼もすんなりと口を開いた。

あっという間に皿は空になり、ライオネルは幾度か薬草粥のおかわりをして、エディスはそんな彼の口へと嬉しそうに粥を運んだ。エディスも、手早く自身の粥を食べ終えると、ライオネルと食後の談笑を楽しんだ。

中庭から、この時も二人をじっと見つめるアーチェの瞳があったことに、エディスは気付いてはいなかった。

アーチェは、思い出せないほどに久しく聞いていなかった兄の明るい笑い声が、部屋から漏れ聞こえてくるのを耳にして、エディスを見つめて目を瞬くと、ようやく、ぱっと咲くような笑みを幼い顔に浮かべたのだった。

＊＊＊

ライオネルの楽しげに笑う顔を見ながらも、彼の瞼《まぶた》が少し眠そうに重くなって来たことに気付いたエディスは、ライオネルに向かって優しく微笑み掛けた。

「ライオネル様、そろそろ少しお休みになられた方がよいかもしれませんね。昼食もしっかりお召し上がりになりましたし、しばらく睡眠を取られたら、きっと気分も良くなると思いますよ」

「ありがとう、そうだね。……ただ、これから君がこの家にいてくれることはわかっているのに、君との時間を切り上げるのが、何だか名残惜しくてね」

微かに寂しげな表情を浮かべたライオネルに、エディスは再度温かな笑みを浮かべた。

「では、ライオネル様がお休みになられるまで、私もこの部屋におりますね。それに、また、ライオネル様の目が覚めたら、いくらでも私はお側《そば》に参りますから」

頷いたライオネルに手を貸して、彼の起こしていた上半身を丁寧に毛布に滑り込ませると、エディスは彼の枕元に、座っていた椅子を近付けた。一度は瞳を閉じたライオネルだったけれど、落ち着かない様子で幾度か目を開けてエディスを見上げた彼の姿を見て、エディスは彼の痩せ細った手をそっと握った。

「ふふ、大丈夫ですよ。私はここにおりますので」

エディスは、熱が出るとどこか心細く感じた幼い日に、身体に触れられていると安心したことを思い起こして、彼の骨張った手を握ったのだった。ライオネルは、また頬を赤く染めたけれど、エディスの柔らかな手を感じながら、大人しく頷いた。

「……僕にここまでしてくれて、どうもありがとう、エディス」

「いいえ。ライオネル様の目が覚めたら、少しでもお元気になっているようにとお祈りしておりますね」

安堵の表情を浮かべたライオネルは、エディスの手を小さく握り返すと、程なく穏やかな寝息を立て始めた。

馬車の中で聞いたものとは異なり、今度は規則正しい安定したリズムで寝息が聞こえてきたことに安心しながら、エディスはライオネルの安らかな寝顔を見つめた。そして、音を立てないように気を付けながら、二人分の空いた皿を鍋と共にトレイに載せて、片付けるためにキッチンへと向かった。

エディスが小さなキッチンで皿と鍋を洗っていると、グランヴェル侯爵が彼女の様子を見にやって来た。

「何から何まですまないね、エディス。もっと使用人を使ってくれても構わないのだよ」

「いえ、すぐに片付けも終わりますから」

「……ライオネルの様子は、どうだろうか？」

息子と、家に来たばかりの息子の婚約者のことが気になってならない様子で、そわそわと落ち着かずにいたようだった侯爵に向かって、エディスは静かに微笑んだ。

「今は、ぐっすり眠っていらっしゃいます。きっと、オークリッジ伯爵家に連日お越しいただいた疲れが出たのでしょうね。薬草粥もしっかり召し上がってくださいましたし、きっと、お目覚めになったら、少しは元気になられるのではないかと思います」

「そうか、それなら良かった」

ほっとした様子で、彼は胸を撫で下ろすとエディスを見つめた。

「病は気からというが、ライオネルを見ていると、あなたと婚約してから心に希望の火が灯《とも》ったように見えるんだ。息子があんなに楽しげにしている様子は、彼が病に臥《ふ》せってから初めてのことだからね。食事を十分に摂れたのも、久し振りのことだよ」

「そのように言っていただけて、嬉しく思います。……ライオネル様が、ご家族の皆様と同じものを召し上がれるようになるまでは、ライオネル様の胃に優しいものを作って、私も一緒に食事を摂ろうかと考えているのですが、いかがでしょうか？　もちろん、ライオネル様が首を縦に振ってくださればですけれど」

グランヴェル侯爵はエディスの言葉に目を瞠《みは》ると、一度口を開き掛け、逡巡《しゅんじゅん》するようにまた閉じた。そして、躊躇いながら、彼は再度口を開いた。

「あなたの提案は願ってもないことだが、息子がそこまで回復するまで、どのくらい時間がかかるのかはわからない。エディス、あなたにそこまでしてもらってもよいものだろうか？　かなりの負担を掛けてしまうかもしれないが……」

エディスは、息子の喜ぶ顔が見たい一方で、エディスの重荷にならないかと躊躇《ちゅうちょ》する侯爵の様子を目にして、あえてにっこりと笑った。

「私自身が、そうしたいと思っているのです。私は料理も好きですし、優しいライオネル様と一緒に過ごしていると楽しくて、先程も時間が経つのを忘れてしまうほどでしたから。ですから、負担になるなどということはありませんわ」

エディスの言葉は、彼女の本心からのものだった。ライオネルの笑顔を見る度に、エディスの心は温まったし、彼と話す度、彼の聡明《そうめい》さや忍耐強さを感じて、彼への尊敬も深まっていった。

身分は違っても、彼との会話は自然と弾み、彼が時折見せる少年のような表情も、エディスには何だか可愛らしく思えていた。それに、義父母や義姉に厄介者扱いされていた、オークリッジ伯爵家にいた時と比べて、自分が必要とされているということ自体も、エディスには嬉しかったのだ。

「……恩に着るよ、エディス。ライオネルと婚約してくれたのがあなたで、本当に良かった」

しみじみと、感慨深げにそう言った侯爵は、思い出したように再度口を開いた。

「ライオネルの弟のクレイグも、もうすぐ婚約する予定なのだが、エディスはそのことをライオネルから聞いているだろうか？」

「はい、そのようなご予定だとは伺っています」

「……そうだったのだね。何か、具体的に聞いているのかな？」

「いえ、それ以上は何も伺ってはおりませんが」

「そうか……」

彼は思案げに腕組みをしてから、エディスに続けた。

「クレイグが婚約を予定している令嬢が、近いうちにこの家に挨拶に来ることになっているんだ。エディスのことも、その時に彼女に紹介するよ」

「そうなのですね、ありがとうございます。クレイグ様が婚約なさるご予定のお相手の方とも、お会いするのが楽しみです」

微笑みを浮かべたエディスだったけれど、目の前のグランヴェル侯爵が、珍しくどこか言葉を濁した様子に、内心で首を傾げていた。

第三章

1　早朝の散歩

エディスは、薄暗い部屋に響く鳥の囀《さえず》りに目を覚ました。

（ん……？）

見慣れぬ部屋の光景に、一瞬困惑して目を瞬《まばた》いたエディスだったけれど、上半身を起こして辺りを見渡し、グランヴェル侯爵家で与えられた自室にいることに気が付いた。

窓の外は、ちょうど空が白み始めたばかりだった。

「私、この部屋に帰って来て、あのまま寝落ちてしまったみたいね……」

エディスはそう呟《つぶや》くと、窓際まで歩いて大きな窓を開け、まだひんやりとした爽やかな早朝の空気を吸い込んだ。

エディスは昨日、ライオネルが眠るのを見届け、キッチンで彼の父と話した後、自室に戻って手荷物を片付けてから、大きくふかふかとしたベッドにぼふりと身体《からだ》を横たえていた。その時はまだ夕刻で、夕陽《ゆうひ》が差し込む部屋の中、少しだけ休むつもりが、そのまま深い眠りに落ちてしまったようだった。

（こんなこと、今までは滅多になかったのに。私も、自分で思っていたよりも新しい環境に緊張して、疲れていたのかしら……）

普段は大抵きっちりとした生活リズムを保っていたエディスは、そんな自分に驚きつつも、自室から扉続きの浴室で手早く湯浴《ゆあ》みをすると、急いで身支度を整えた。

手際良く支度を終えたエディスは、部屋の窓から見える中庭の花々が、上り始めた朝陽《あさひ》に照らされていく様子に、思わず息を呑《の》んでいた。すると、中庭を挟んで向かい合った窓からエディスに向かって手を振る人影が、彼女の視界に映った。

「……ライオネル様？」

エディスが中庭の向こう側に見える窓の奥に目を凝らすと、そこにはにこやかに笑うライオネルの姿があった。

「おはよう、エディス。随分と早起きだね」

昨日よりも元気そうな張りのある彼の声を耳にして、エディスも嬉《うれ》しくなって微笑《ほほえ》んだ。

「ライオネル様！　おはようございます。昨日はゆっくり眠れましたか？」

「ああ、君のお蔭《かげ》でぐっすり眠れたよ。あのままずっと眠っていて、さっき目が覚めたところなんだ」

「体調はいかがでしょうか？」

「昨日よりも、大分良くなったよ。君の薬と、薬草粥《がゆ》がよく効いたみたいだ」

ライオネルの言葉に、エディスはほっと息を吐いた。

「よかった……！　そう伺って、安心いたしました」

ライオネルはエディスを見つめて頬を少し赤らめると、遠慮がちに尋ねた。

「こんな早朝ではあるけれど、もし迷惑でなければ、少し君と話せないかな？」

「ええ、喜んで。ここからだと少しライオネル様と距離があるので、これからお部屋に伺っても？」

「そうしてもらえると助かるよ」

エディスは、すぐにライオネルの部屋へと向かった。扉をノックして、彼の返事に部屋の扉を開いたエディスは、ベッドの上で上半身を起こしていたライオネルに数歩近付くと、彼の姿に目を瞠《みは》った。

（あら……？）

彼を中庭越しに見た時にはエディスは気付かなかったけれど、ライオネルは顔色も肌艶も良くなり、やつれていた顔も少しふっくらとしたようだった。昨日と比べて、青紫色の瞳も輝きを増した様子のライオネルは、エディスに向かってにっこりと笑い掛けた。

「エディス、来てくれてありがとう」

「ライオネル様、随分と顔色もよくなりましたね」

「ああ。こんなに清々《すがすが》しい気分で目を覚ましたのは久し振りだよ。……それに、朝から君の顔も見られたしね」

幸せそうな笑みを浮かべてエディスを見つめたライオネルを前にして、エディスの頬もふわりと染まった。

「こんなに朝早くに、窓から君の姿が見えて驚いたのだが、この中庭を眺めていたのかい？」

「ええ。グランヴェル侯爵家のお庭は、よく手入れされていて美しいですね。ちょうど朝陽が差した中庭がとても綺麗《きれい》で、見惚《みほ》れていたのです」

「それなら、少し中庭を散歩してみるかい？」

ライオネルの提案に、エディスは嬉しそうに頷《うなず》いた。

「よろしいのですか？　もしライオネル様のお身体に障《さわ》らないようでしたら、是非ご一緒させてください」

「僕は大丈夫だよ。ただ、僕は車椅子だから、申し訳ないが、君の手を煩わせてしまうことになってしまうが……」

「ふふ、それはまったく問題ありません」

エディスがベッドに車椅子を寄せると、ライオネルは、ベッドの上で身体をずらして、エディスの手を借り車椅子へと移った。エディスは彼の車椅子を押して、中庭へと続く扉を潜ると、眩《まぶ》しい朝陽に目を細めた。

エディスとライオネル以外には誰の人影も見えない、ひっそりとした中庭には、鳥の高い囀りだけが響いていた。

色とりどりの花々が咲き乱れる中庭を間近から眺めて、エディスは改めて感嘆の溜息《ためいき》を吐《つ》いた。

「素晴らしいお庭ですね。本当に綺麗だわ……」

「庭師が、いつも整えてくれているんだ。僕の部屋からもよく見えるからと、季節に合わせて、花の種類も頻繁に入れ替えてくれてね」

「まあ、それは素敵ですね。それに、よい香り……」

庭に咲き誇る美しい花々をうっとりと見つめていたエディスが、視線を感じてふとライオネルを見ると、彼は、花の代わりに、微笑みを浮かべてエディスを見つめていた。

「……ここに咲いている花も綺麗だけれど、花を見つめる君の笑顔の方が、余程美しいと思ってね」

「い、いいえ。私はそんな……」

オークリッジ伯爵家にいた時は、義姉から地味だと蔑《さげす》まれ、美しいなどという言葉を掛けられたことのなかったエディスは、途端に頬を恥ずかしげにかあっと染めた。

「……お世辞は言っていただかなくても大丈夫ですよ、ライオネル様」

「いや、僕は心からそう思うよ。君は綺麗だよ、エディス。それに、君の笑顔を見ていると、僕の気持ちまで明るくなるようだ」

ライオネルの言葉に、エディスはさらに顔中を真っ赤に染めた。

「私、そんなことを言われたのは初めてで。あの、ありがとうございます……」

すっかり頬を染めて、恥ずかしそうに俯《うつむ》いたエディスの姿に、ライオネルはくすりと笑うと、憧憬を込めた眼差《まなざ》しで彼女を見つめた。

「それに、君は心の温かい、思いやり深い人だ。君のような女性がオークリッジ伯爵家にいたなんて、何て幸運だったのだろうと、僕は神に感謝しているんだよ。……オークリッジ伯爵家への支援と引き替えにこんな話を持ち込むなんて、どれだけ伯爵家のご令嬢に迷惑を掛けることになるのかと、当初はあまり気が進まなかったんだ。けれど、そのお蔭で君に出会えたなんてね」

「……ライオネル様こそ、いつもお優しくて、私もお会いできたことを感謝しているのですよ。平民出身の私にも、分け隔てなく接してくださいますし。オークリッジ伯爵家にいた時は、平民暮らしの長かった私が急に貴族家の養子になってしまって、自分だけ場違いなところにいるようで、疎外感を覚えることもありましたが……私、ライオネル様とご一緒していると、とても楽しいのです」

「君にそう言ってもらえると嬉しいよ」

ライオネルと微笑みを交わしてから、エディスはまたゆっくりと車椅子を押して中庭を進み始めた。

エディスは、花壇に伸びやかに咲く花々を眺めながら車椅子を押していたけれど、ふと、花壇の一角に目を留めて、小さく声を上げた。

「あら、あの薄紅色の葉をした植物は、薬草としても用いる、少し珍しいものなのです。このような種類の植物も、花壇には植えられているのですね。オークリッジ伯爵家でも、この薬草を使った薬を作っていたのですよ」

花壇の中でほかの花々に交じって植えられている、薄紅色の葉をした背の低い草を、エディスはライオネルに指差した。

「ほう、そうなんだね。やはり、君は薬草に詳しいな。……これは、どんな薬に使う薬草なんだい？」

「身体の痛みを緩和する薬が主ですね。見た目は可愛《かわい》らしい色をしていますが、かなり薬効の強い方に分類される薬草で、例えば、身体を安静にしていても、手足や関節、背中といった部分の痛みが治まらないような症状がある時に使います。単体で使うと痺《しび》れが出る可能性があるので、通常はこのほかに、数種類の薬草と混ぜて薬にします」

驚いたように、ライオネルはエディスを見上げた。

「凄《すご》いな、そんなにすらすらと詳しく説明できるなんて」

「いえ。この薬草を使った桃色の錠剤は、ちょうど、私が一年ほど前から、オークリッジ伯爵家で調合を担当していましたので」

ライオネルは、彼女の言葉にさらに目を瞠った。

「……君の作った、この薬草を使った錠剤というのは、黒い袋に詰められて販売されてはいなかった？」

「はい。オークリッジ伯爵家が扱っていた中では高価な薬のラインだったので、黒いパッケージでした。ライオネル様、どうしてそれをご存知なのですか？」

今度はエディスが首を傾《かし》げる番だった。ライオネルがゆっくりと口を開いた。

「それは、僕が使っている薬だからだよ。……不思議な縁だね。君に出会う前から、君が作った薬を使っていたなんて。それに、ちょうど一年くらい前から、効きが良くなったように感じていたんだ。以前よりも、その薬を飲むと身体が楽になって、眠れるようにもなったし、一時は寝たきりに近い状態だったこともあったけれど、車椅子にも乗れるようになったんだ」

「まあ、そうだったのですね……」

エディスが、想像以上に酷《ひど》かった様子のライオネルの症状に思いを馳《は》せて、顔を翳《かげ》らせていると、彼は穏やかな笑みを浮かべた。

「あの頃から、僕は君に助けられていたようだね。それに、父が君の家への貸し付けの増額を認めて、僕の縁談を持って行くきっかけになったのも、君の薬の効きが良かったからなんだ」

「そのような背景があったなんて、まったく知りませんでしたわ」

ライオネルの言う通り、不思議な縁もあるものだと、エディスが感慨深く思っていると、ライオネルがふいに少年のような明るく純粋な笑みを浮かべた。

「君は、本当に魔法が使えるのかもしれないね。僕は、君が側《そば》にいてくれるだけで、身体の奥から元気が湧いてくるような気がするんだ」

「ふふ、そうだったらいいなと、私も思います。……ところで、ライオネル様。もうそろそろ、朝食にしませんか？　もしよかったら、今朝は卵入りの薬草粥でも作ろうかと思うのですが」

「お願いしてもいいのかい？　ありがとう、エディス。ちょうど、お腹《なか》が空き始めたところだったんだ」

エディスは、ライオネルに笑みを返すと、彼の車椅子を押しながら、朝陽に照らされて鮮やかに輝く中庭を後にした。

2　クレイグの婚約者

朝食の席で、エディスは、ほかほかと湯気の立つ作りたての薬草粥を、またライオネルの口元に一口ずつ運んでいた。粥を口にしたライオネルの表情が綻ぶ。

「卵入りで作ってくれたこの薬草粥も、とても美味《おい》しいよ」

「ありがとうございます、お口に合ったならよかったです。使う薬草の種類も、少し変えてみました。……先程、この中庭で見掛けた薬草も、手元に煎《せん》じたものがありましたので、少し加えています。これで、あの錠剤を改めて飲んでいただかなくても、身体の痛みは取れて来るかと思います」

「優秀な薬師だね、エディスは。君が側にいてくれると、心強いよ」

朝陽に照らされるライオネルの笑顔が、エディスにはとても美しく見えて、彼女はほんのりと頬を染めた。彼の具合が見るからに悪そうだった時には、そんなことを考える余裕はなかったのだけれど、近くから改めて見る彼の顔立ちは、とても整っていた。大きな切れ長の瞳は長い睫毛《まつげ》に彩られ、すっと高い鼻梁《びりょう》と上品な唇と共に、この上ないバランスで小さな顔に収まっている。まだライオネルの目元は落《お》ち窪《くぼ》み、頬も少しこけていたから、彼本来の顔に戻り切ってはいないことは、エディスにもわかってはいた。けれど、彼が回復したらいったいどれほど美しくなるのだろうと、エディスは想像するだけで目の前がくらくらとするようだった。

（そう言えば、お義姉様《ねえさま》も、昔見掛けたライオネル様はとてもお美しかったと、そう仰《おっしゃ》っていたわね……）

そんなことを考えながら、エディスがライオネルの顔をじっと見つめていると、ライオネルは彼女の視線に気付いて目を瞬いた。

「どうしたんだい、エディス。僕の顔に、何かついているのかな？」

エディスは、どぎまぎとしながら彼に答えた。

「いえ。……ライオネル様は美しいお顔をしていらっしゃるなと、近くで拝見して、そう考えていまして」

ライオネルは、ぽかんとしてエディスを見つめると、ふっと楽しげな笑みを零《こぼ》した。

「変わっているね、エディスは。この僕の姿を見ても、そんなことを言うなんて。でも、君にそう言ってもらえたら、当然悪い気はしないよ」

タンザナイトのように澄んだ青紫色をしたライオネルの目が輝いて、エディスは自然と胸が跳ねるのを感じた。少し熱の籠《こも》った瞳でエディスを見つめながら、ライオネルがぽつりと呟いた。

「エディス、君と出会ってから、僕はもっと生きていたいと思うようになったよ。少しでも、君と一緒の時間を過ごしたくてね。……君に会う前は、全身は痛むし、呼吸をするだけでも苦しくて、身体の自由もきかない中で、希望と呼べるようなものは何もなかったんだ。でも、君のような素敵な女性が、今は側にいてくれるのだからね。君を、他の誰にも攫《さら》われたくはないから、僕も元気にならないといけないね」

「ライオネル様は、必ず回復なさいますわ。ふふ、私はライオネル様が望んでくださる限りはずっとお側におりますから、安心してくださいね」

「ああ。ありがとう、エディス」

嬉しそうに表情を緩めたライオネルに、エディスも目を細めた。

「昨日と比べても、大分お元気そうになられましたし、お父様もきっと喜ばれるでしょうね。昨日も、ずっとライオネル様のことを心配していらっしゃったのですよ」

「……父には、ずっと苦労を掛けてきたからね。母が数年前に他界して、すっかり気落ちしていたところに、続いて僕が病に臥《ふ》せるようになってしまって、父も辛《つら》かったのだろう。父のことも、安心させられるといいのだが」

「ええ、きっと安心していただけますよ。無理はしないように、少しずつ、確実にお身体の調子を戻していきましょうね」

エディスは、そう言って微笑んでから、ふと、昨日聞いたグランヴェル侯爵の言葉を思い出した。

「そう言えば、昨日お父様にお会いした時、弟《おとうと》君《ぎみ》のクレイグ様が婚約なさる予定のお相手の方が、近いうちにグランヴェル侯爵家に挨拶にいらっしゃると、そう仰っていましたわ」

「……そうか、ユージェニーが来るのか」

ほんの少しだけ、ライオネルの表情が硬くなったように見えて、エディスは目を瞬いた。

「クレイグ様のお相手のご令嬢のこと、ライオネル様もご存知なのですね」

「ああ、彼女は僕の幼《おさな》馴染《なじみ》でもあるからね」

「まあ、そうでしたか」

ライオネルは、しばし思案気に俯いてから、エディスを見上げた。

「きっと、この家にいればいつか君の耳に入ることになると思うから、先に、誤解のないように僕から伝えておくよ。……ユージェニーは、元々、僕と婚約する予定になっていたんだ」

「……！」

ライオネルの言葉に、はっと小さく息を呑んだエディスに、ライオネルは淡々と続けた。

「家同士の都合による婚約を結ぶ予定でいたのが、ただ、彼女の相手がクレイグになっただけのことで、それ以上でも以下でもないんだ。……僕は、君が僕の婚約者になってくれたことを、心から幸せに思っている。そのことだけは、君にも覚えていて欲しいんだ」

真剣なライオネルの瞳を見つめながら、エディスは返す言葉が上手《うま》く思い浮かばずに、無言で頷くことしかできなかった。

＊＊＊

エディスがグランヴェル侯爵家に来てから、半月ほど経《た》った頃のことだった。ある日の昼下がり、ライオネルの部屋で楽しげに談笑していたライオネルとエディスに、グランヴェル侯爵から声が掛けられた。

「伝えていた通り、もうじき、クレイグと婚約する予定のユージェニー嬢がお見えになるよ。……もう、二人とも準備はよさそうだね」

車椅子に乗ったライオネルは、ライトグレーのジャケットに、瞳と同色の青紫色のタイを締めており、ライオネルと向かい合っていたエディスは、ライオネルに合わせて、上品な光沢のある青紫色のシルクのドレスを身に纏《まと》っていた。

エディスのドレスは、元々手持ちの服も少なかった彼女がグランヴェル侯爵家に来てから、ライオネルの意向で彼女にと新しく誂《あつら》えられたものだった。

侯爵は、二人の仲睦《なかむつ》まじい様子に目を細めながら、明るい表情の息子を嬉しそうに見つめた。

「ライオネル、君の身体は見違えるように良くなってきたね。私にも、まだ信じられないくらいだよ」

車椅子なしでの生活はまだ難しいものの、車椅子の上で背筋を真《ま》っ直《す》ぐに伸ばす息子の姿を、彼は感嘆の面持ちで見つめた。

ライオネルの土気色に萎《しお》れていた顔は、本来の色白で滑らかな肌を取り戻しつつあり、黒髪にも徐々に艶が戻り始めていた。弱々しく落ち窪んでいた目元も、今では涼やかな美しさが感じられるまでになり、その瞳には希望に溢《あふ》れる強い輝きが宿っていた。

ライオネルは、愛おしそうにエディスを見つめてその手を握ると、父に向かって微笑んだ。

「父上、これも全てエディスのお蔭です。父上もご存知の通り、この家に来てから、エディスはずっと僕に寄り添って、いつも支えてくれています。僕は、エディスに感謝してもしきれません」

「……一昨日往診に来てもらった医師にも、奇跡が起きたとしか思えないと、そう言われたからな。エディスが奇跡を起こしてくれたのだろうね」

ライオネルのことを、以前に持って余命一年だろうと診断していた医師は、改めて彼の往診に訪れた際、まるで突然生気を吹き込まれたかのようなライオネルの姿に、驚きに目を瞠っていたのだった。エディスは、遠慮がちに微笑んだ。

「いいえ、私はできることをしただけですから。それに、ライオネル様はどんな時でも私に優しくしてくださいますし、こんなに素晴らしいドレスまで誂えていただいて。私の方こそ、ライオネル様には感謝しております」

ほっそりとしたエディスの身体に合った青紫色のドレスは、エディスを品良く可憐《かれん》に映えさせていた。ライオネルは、ドレスに身を包んだエディスの姿を眩しそうに見つめて、彼女に笑い掛けた。

「ドレスも君によく似合っていて、とても綺麗だよ、エディス。君に側にいてもらえるなんて、僕は本当に幸せ者だ」

頬を染めて微笑み合う二人の姿を見て、侯爵は感無量といった表情で頷くと、屋敷《やしき》の外から聞こえてきた馬の蹄《ひづめ》と馬車の車輪の音に気付いて、廊下側を振り返った。

「どうやら、いらしたようだな。私たちもそろそろ行こうか。……アーチェ、君もそこにいるんだろう。一緒にユージェニー嬢を出迎えに行くよ」

侯爵の言葉に、ライオネルの部屋の扉の陰から、アーチェがひょっこりと顔を覗《のぞ》かせた。薔薇色《ばらいろ》の小さなドレスを身に着けたアーチェはまるで人形のように可愛らしく、彼女の姿を目にしたエディスは思わず笑みを零した。ライオネルが手招きをすると、アーチェは明るい笑顔で兄の元に駆けて来た。

「ライオネルお兄様！」

ぱたぱたと兄に駆け寄ったアーチェは、車椅子の上にいるライオネルにきゅっと抱き着くと、兄に髪を撫《な》でられてから、はにかんだ笑みをエディスにも向けた。エディスの胸が、彼女の笑顔にきゅんとときめく。

（アーチェ様、天使だわ……！）

アーチェはどうやら、少しずつエディスの存在にも慣れて来たようだった。このところ、彼女は、ちょろちょろとライオネルとエディスの周りに現れては、エディスと目が合うと、恥ずかしそうにしながらも、にこりと笑ってくれるようになっていた。

ライオネルと手を繋《つな》いだアーチェに歩調を合わせるようにして、エディスはゆっくりとライオネルの車椅子を押しながら、侯爵の背中を追って、屋敷の玄関に向かって歩いて行った。

3　両家でのお茶会

玄関先に立っている、クレイグに腕を取られた一人の令嬢の姿と、彼女の両親と思《おぼ》しき人物の姿が、エディスの視界に映った。

グランヴェル侯爵は、彼らに向かって挨拶をすると、ライオネルの車椅子を押すエディスを振り返った。

「こちら、長男のライオネルと先日婚約してくださった、オークリッジ伯爵家のエディス嬢です。以後、お見知りおきいただけますよう」

グランヴェル侯爵から紹介されたエディスも、丁寧に彼らに頭を下げた。

「初めまして。ライオネル様と婚約させていただきました、オークリッジ伯爵家のエディスと申します。どうぞよろしくお願いいたします」

頭を上げて、クレイグの隣に並ぶ令嬢を改めて見つめたエディスは、その姿にはっと小さく息を呑んだ。

（まあ。何てお綺麗なのかしら……）

そこには、艶のある栗色《くりいろ》の髪に、青みがかった翠色《みどりいろ》の瞳をしたすらりとした令嬢が、クレイグと腕を組んで立っていた。エディスは、義姉のダリアも美人だと思っていたけれど、目の前にいる令嬢は、また別格の美しさだった。非の打ちどころなく整った顔で、彼女はふわりとエディスに微笑み掛けた。

「初めまして、エディス様。クレイグ様と婚約させていただくことになりました、スペンサー侯爵家のユージェニーと申します。こちらこそ、よろしくお願いいたします」

淑女らしい身のこなしも完璧なユージェニーに、エディスは思わず見惚れていた。ユージェニーは、少しぎこちなく、車椅子に座るライオネルに視線を移した。

「……ライオネル様、ご無沙汰しております。この度は、ご婚約おめでとうございます」

「ありがとう、ユージェニー」

ユージェニーの言葉に、ライオネルは淡々と答えていた。次いで、ユージェニーは、ライオネルと手を繋いでいたアーチェを見つめたけれど、アーチェはじとりとした目でユージェニーを見上げると、ぷいっとそっぽを向いて、彼女に背を向けて走り去ってしまったのだった。

ユージェニーの隣で彼女の腕を取っていたクレイグは、駆け去るアーチェの背中を見つめて肩を落としていたユージェニーに、申し訳なさそうに話し掛けた。

「すまないね、アーチェがあんな様子で。君がこの家に来るのは久し振りのことだから、彼女も戸惑っているのかもしれない。大目に見てもらえるだろうか」

「……ええ、もちろんですわ」

少し寂しげな微笑みを浮かべていたユージェニーに向かって、クレイグは励ますように笑い掛けた。

ライオネルが、目の前のユージェニーとクレイグの姿を車椅子から改めて見上げた。

「君たちも、婚約おめでとう。ユージェニー、クレイグ」

「……ありがとう、兄さん」

クレイグは、さらにライオネルに何か言いたそうに口を開き掛けたけれど、また閉じていた。グランヴェル侯爵が、その場にいる一同を見渡して口を開いた。

「では、そろそろ応接間に移りましょうか。遠路お越しいただいたユージェニー嬢たちもお疲れでしょうし、もうお茶の準備もできていますから」

エディスは、クレイグと腕を組んでいるユージェニーが、ちらちらとライオネルに視線を向ける様子が少し気になりつつも、応接間に向かって、ライオネルの乗る車椅子を押して行った。

＊＊＊

テーブルを囲んでお茶を飲みながら、クレイグとユージェニーを中心とした歓談が和やかな雰囲

気で進む中、ユージェニーが、ふと気付いたように、ライオネルの前に用意された小ぶりのティーポットから、空いた彼のティーカップにお茶を注いでいたエディスに尋ねた。

「ライオネル様が飲んでいらっしゃるお茶は、私たちの飲んでいる紅茶とは違うのですか？」

エディスは、ユージェニーの言葉に頷いた。

「はい。紅茶に含まれるカフェインは、胃に多少刺激があるので、このポットにはハーブティーが入れてあるのですよ」

「そうなのですね。……良《い》い香りがしますね」

微笑みを浮かべたユージェニーに向かって、エディスも笑みを返しながら尋ねた。

「ユージェニー様も召し上がられますか？」

「あら、私もいただいてもよろしいのですか？」

「ええ。今お注《つ》ぎしますね」

エディスは、使用人が用意した新しいティーカップにハーブティーを注ぐと、ユージェニーに差し出した。

ユージェニーは、早速エディスから受け取ったティーカップに口を付けると、ふわりと口元を綻ばせた。

「……美味しいわ。優しい味がして、後味もすっきりしていますね」

にっこりとエディスに美しい笑みを向けたユージェニーを見て、エディスはほっと緊張が緩むのを感じていた。

（どんな方かと思っていたけれど、ユージェニー様、良い方のようでよかったわ。ユージェニー様と会った時のアーチェ様の様子は、少し気になったけれど……）

エディスと娘の会話を聞いていたスペンサー侯爵は、車椅子のままでテーブルについていたライオネルを見つめた。

「ライオネル様。病に臥せって寝込んでおられると、娘から聞いておりましたが。どうやら、聞いていたよりも大分良くなられたご様子ですね。……今は、お身体の具合はいかがですか？」

どこか探るような視線をライオネルに向けたユージェニーの父に対して、ライオネルはそつなく笑みを返した。

「ええ、このところ、かなり体調も良くなってきています。エディスと婚約して、彼女がこの家で献身的に僕を支えてくれるようになってから、僕の身体は信じられないほどに回復しました。……これも、全てエディスのお蔭です」

「そうでしたか、それは何よりですね。エディス嬢は、オークリッジ伯爵家のご出身とのお話でしたね？」

「……はい、そうです」

柔らかな物言いながらも、家格の違いを見下すような響きをユージェニーの父の言葉に感じて、エディスは少し萎縮していた。そんなエディスを庇《かば》うように、ライオネルはエディスににっこりと笑い掛けると、ユージェニーの父を見つめた。

「オークリッジ伯爵家で作られた薬が、悪化の一途を辿《たど》っていた僕の身体に効いたのです。エディス自身、薬の知識が非常に豊富で、実際に、今、僕のための薬を調合してくれているのはエディスなのですよ。このハーブティーも、彼女が薬効のあるハーブをブレンドしてくれたものです」

「……ほう、そうでしたか」

あまり興味のなさそうな様子でライオネルの言葉に頷いたユージェニーの父は、隣り合わせの席に座っているクレイグと娘に視線を移した。

「クレイグ様と娘の婚約が調《ととの》って、嬉しく思いますよ。クレイグ様も、お元気だった頃のライオネル様に負けず劣らず優秀な方と伺っていますからね」

ユージェニーの母も、夫の言葉に頷いた。

「娘のユージェニーも、近い将来、グランヴェル侯爵家の一員に加えていただけることを喜んでおりますわ。侯爵家を支えるために必要な知識も、娘にはしっかり備わっておりますからご安心ください」

エディスは、ユージェニーの両親の言葉に、少しもやもやとしたものを感じていた。彼らは、直接言及はしていなかったけれど、病を患ったライオネルではなく、クレイグがグランヴェル侯爵家を継ぐのだろうと、そう考えている様子が滲《にじ》み出《で》ているように思えたからだ。

エディスがちらりとユージェニーを見やると、どうやら彼女もエディスと同じことを感じた様子で、両親の言葉に顔を曇らせていた。

グランヴェル侯爵が、椅子から立ち上がりながら、テーブルについているユージェニーたちを見つめた。

「長男のライオネルも、次男のクレイグも、素晴らしい婚約者を得て嬉しく思いますよ。本日は我が家までお越しくださり、ありがとうございました」

お茶会もお開きになり、帰りの馬車に乗り込もうとしているユージェニーたちを見送るために、クレイグをはじめグランヴェル侯爵家の面々が並んでいると、一度は背を向けて馬車に向かいかけたユージェニーが、再度振り返ってライオネルの前までやって来た。

ユージェニーとは、互いの婚約を祝う簡単な言葉を交わして以降は、会話らしい会話もしていなかったライオネルは、彼女を前にしてやや戸惑った表情を浮かべたけれど、ユージェニーはそんな彼をじっと見つめた。

「ライオネル様。前回お会いした時よりもずっとお元気そうになられて、よかったですわ。お身体の回復を、心よりお祈りしております」

「……ありがとう」

ユージェニーは、ライオネルの後ろで車椅子を押していたエディスに視線を移すと、柔らかな笑みを浮かべた。

「エディス様のような素敵な方がライオネル様の婚約者で、嬉しく思っておりますわ。また、改めてお話しさせてくださいね」

「ええ、喜んで」

エディスも、ユージェニーに穏やかな笑みを返した。エディスには、やはり、ユージェニーは悪い人のようには見えなかった。彼女の笑顔や言葉に、裏があるようには思えなかったからだ。

けれど、結局アーチェはこの日、ユージェニーたちの前に再度姿を見せることはなかった。

4　ユージェニーの誘い

ユージェニーたちがグランヴェル侯爵家を訪れ、クレイグとユージェニーとの婚約が調ってから数日が経ったある日のことだった。ライオネルとの昼食を終えたエディスがキッチンに空いた食器を運んでいると、隣に姿を現した人影が、彼女の手から、空いた食器の載ったトレイをひょいと取り上げた。驚いてエディスが隣を見ると、紫色の明るい瞳と目が合った。

「あら、クレイグ様？」

「いつも兄さんのことを色々とありがとう、エディス。これは、俺がそこのキッチンまで運ぶよ」

「よろしいのですか？　……では、お言葉に甘えて。ありがとうございます」

クレイグは、エディスがグランヴェル侯爵家に来てから、彼女のことを何かと気に掛けて、時折声を掛けてくれていた。朗らかで屈託のないクレイグと打ち解けるまで、エディスにもそう時間はかからなかった。

エディスの言葉ににっこりと笑ったクレイグは、トレイに載った二人分の空の食器を見つめて、感慨深げに呟いた。

「あの兄さんが、食事を残さずに食べられるようになるなんてね。一時は、食もかなり細くなっていたから……。やっぱり、君がつきっきりで兄さんの側にいてくれるからなんだろうな。君が作ってくれる料理はどれも凄く美味しいって、兄さん、絶賛してたよ」

「そうなのですか？　……ありがとうございます」

ライオネルは、最近は粥以外の食事も少しずつ摂《と》れるようになってきていた。エディスは、回復の兆しが見え始めたライオネルのために、消化がよく栄養バランスの取れた、隠し味に薬草を混ぜ込んだメニューを考えることが、毎食楽しみになっていた。ライオネルは、いつも喜んで、エディスの料理の腕を褒めてくれるのだ。

ただ、まさかライオネルが弟のクレイグにまでそんな話をしているなんて、エディスは思ってはいなかった。照れたようにほんのりと頬を染めたエディスを見て、クレイグは穏やかな笑みを浮かべた。

「君は本当に、素直で優しい、素敵な女性だね。兄さんにとっての君は、理想以上の、突然贈られた神様からのギフトみたいな感覚なんじゃないかな。すっかり、兄さんは君に惚れ込んでいるようだね」

「そ、そうでしょうか……」

エディスは、ますます頬に血が上るのを感じながらも、今はライオネルが病を患っているために、側に付き添っている自分のことがことのほか良く見えるのだろうと、どこか冷静に考えている部分もあった。

ライオネルが回復するまでは、エディスは、何があっても彼の側にいたいと考えていたし、エディスの胸の奥にも、ライオネルを愛おしく思う気持ちが芽生え始めていた。けれど、エディスは、そんな自分を戒めてもいた。

(ライオネル様が回復なさった時、改めて周りを見回したら、私よりも彼に相応《ふさわ》しい貴族家の令嬢はたくさん見付かるはずだわ。その時に、私が彼の足を引っ張ることのないようにしないといけないわ……)

そう考えつつも、ライオネルがエディスに笑顔を見せる度に、思わず胸が跳ねるようになってしまった自分に、エディスは戸惑ってもいたのだった。

クレイグは、じっとエディスを見つめると、キッチンに向かう足を止めないままで、ゆっくりと口を開いた。

「……俺の婚約者になったユージェニーが、数日前にこの家に来たけれど。君は、彼女にどんな印象を持った?」

クレイグは、貴族にありがちな、一見品良く遠回しな言い方はあまりせずに、はっきりとした簡潔な物言いをする。平民暮らしの長いエディスは、彼のそんなところにも親しみを覚えながら、彼の直球の質問に答えた。

「そうですね。今までに私が見たこともないほどお綺麗な方だと。それに、優しそうな良い方に見えましたわ」

「……そうか、それなら良かった」

クレイグは、ほっと表情を緩ませると、少しだけ口を噤《つぐ》んでから、また口を開いた。

「ユージェニーが、元々は俺ではなくて兄さんと婚約する予定だったこと、エディスは聞いているかな？」

「ええ、ライオネル様から伺いました」

「兄さんから、もう聞いていたんだね」

　クレイグは、エディスの言葉に頷いてから、小さく息を吐いた。

「兄さんが体調を崩して程なくして、ユージェニーは婚約する予定の相手を俺に変えた。兄さんが患った病は、命に関わる重病だったから、そんなユージェニーの選択に対して、この家でも理解を示す者もいた。一方で、幼い頃から婚約する予定で長い時間を過ごして来たのに、最も兄さんを支えるべき時に婚約予定の相手を俺に変えるなんてと、彼女を白い目で見る者もいる。この家に昔から長く勤める使用人たちも含めてね。……兄さんは前から人望があったから、後者の方がずっと多いかな」

「……そうだったのですね」

「でも、この件で咎《とが》められるべきなのは、ユージェニーではなくて俺なんだ。……ずっと彼女に横恋慕してきた俺が、兄さんが病に倒れて悲しみに揺れる彼女を見て、隠しきれず、それまで胸に秘めていた想《おも》いを彼女に告げてしまったのだから」

「……！」

　思いもかけないクレイグの言葉に、エディスは目を瞠った。クレイグは、少し苦しそうに顔を歪《ゆが》めた。

「だから、ユージェニーに非はない。悪いのはこの俺だ。兄さんが病に臥せっている時に卑怯《ひきょう》だとは思ったけれど、兄さんにも、俺からこの話はしているし、俺の言葉に頷いてもくれた。ただ、実際に兄さんがこのことをどう思っているのかは、今でもよくわからないんだ。……君が見た通り、妹のアーチェもあんな感じだしね」

クレイグは、微《かす》かに苦笑してから、エディスを真剣な眼差しで見つめた。

「ユージェニーは、兄さんの婚約者である君に会って、君にとても好感を抱いているんだ。この家に来たばかりの君にこんなことをお願いするのも何だが、できることなら、君にユージェニーの味方になってもらえたら嬉しく思うよ」

エディスと並んでキッチンに着いたクレイグは、手にしていたトレイを下ろすと、ポケットから一通の手紙を取り出してエディスに手渡した。

「これは、ユージェニーから君への手紙で、お茶の誘いだそうだ。君と二人でもっと話がしたいと、ユージェニーは言っていた。……よかったら、前向きに考えてもらえたら嬉しい。返事は俺に渡してくれ」

「……はい、わかりました」

流れるような美しい筆致で、宛名にエディスの名前が書かれた封筒を手にして、エディスはクレイグの言葉に頷いたのだった。

エディスが昼食の食器を片付け終えて、ライオネルの車椅子を押しながら中庭を歩いていると、ライオネルがエディスを振り返った。

「どうしたんだい、エディス？　どことなく、いつもよりも口数が少ないようだが……」

勘の鋭いライオネルに驚きながら、エディスは微笑みを返した。

「少し、考え事をしておりまして。……よく、お気付きになりましたね」

「エディスとは、最近誰よりも一緒に過ごしているからね。何かあったのかい？」

気遣わしげな眼差しをエディスに向けたライオネルを、エディスは見つめ返した。

「ライオネル様に隠すようなことではないと思いますのでお伝えしておきますが、先程クレイグ様とお会いして、ユージェニー様から預かったというお手紙をいただいたのです。お茶のお誘いでした」

「……そうか」

思案げな表情を浮かべたライオネルに、エディスは尋ねた。

「私がこんなことを伺ってよいものか、わかりませんが。ユージェニー様は、ライオネル様たちの幼馴染でいらっしゃるのですよね？」

「ああ、そうだよ。僕たちが避暑のために使っている別荘があるのだが、スペンサー侯爵家の別荘がそこと近くてね。母が体調を崩すまでは、毎年夏にその別荘に行っていたのだが、その度に、クレイグも僕も、年の近い彼女とよく遊んでいたんだ。その頃はまだ、アーチェは物心つく前だったかな」

過ぎた日を懐かしむように、少し遠い目をしたライオネルは言葉を続けた。

「同じ侯爵家同士で、子供の僕たちの年が近かったのと、家業の関係でも互いの利になりそうだったこともあって、僕たちがある程度の年になったら婚約させようと、親同士でそんな話をしていたそうだ。それで、スペンサー侯爵家の一人娘だったユージェニーと、この家の長男だった僕は、婚約する予定になっていた。……こんな話を君にしてしまって、嫌ではなかったかな？」

婚約者であるエディスの気持ちを慮《おもんぱか》るライオネルの優しさを感じて、エディスは微笑んだ。

「はい、大丈夫です。それに、以前ライオネル様も仰っていた通り、きっと、このグランヴェル侯爵家に置いていただいている私も、いずれ詳しい話を耳にすることになったでしょうから。それなら、ライオネル様から直接お話を伺えた方が、私にとってもありがたいです」

「ありがとう、エディス。後は、君も知っての通り、僕が病に臥せってから、僕ではなくクレイグがユージェニーと婚約することになり、僕は君を婚約者に迎えた。……そんなところかな」

エディスは、少し躊躇《ためら》ってから、ライオネルを見つめた。ライオネルには珍しく、どこか煙《けむ》に巻くように、まだ何かエディスに話してくれていないことがあるような気がしたからだ。それに、普段は温厚なライオネルが、ユージェニーには多少他人行儀に見えることも、エディスには少し引っ掛かっていた。

「ユージェニー様は、ライオネル様から見てどのような方ですか？　踏み込んでしまい恐縮ですが、何か、気にされていることでもあるのでしょうか」

ライオネルは、やや苦笑してエディスを見つめ返した。

「……君は聡《さと》いね。話の核心を突いてくる。ユージェニーは、繊細なところはあるが、気立てのよい女性だと思うよ。……ただ、少し気になっていることはあるんだ」

じっとライオネルの話に耳を傾けていたエディスに、彼は続けた。

「この前、君も彼女の両親に会っただろう。彼らは、割と権力志向が強い人たちでね。まあ、貴族家には少なくはない考え方なのだろうが……ユージェニーを、将来的にこの家の後継ぎと結婚させたいという気持ちが滲み出ている。そして、ユージェニーはそんな両親の言いなりになっている節がある」

ライオネルは、少し口を噤んでから、再度ゆっくりと口を開いた。

「元々、長男の僕と婚約する予定になっていたユージェニーが、僕の病状が急坂を転げ落ちるように悪化し始めてから、婚約する予定の相手をクレイグに変えたのも、それ自体は別に不思議なことじゃない。以前にも君に言った通り、重い病を患っている僕と婚約したいだなんていう女性は、まずいなかったからね。……けれど、あの時、彼女は僕に言ったんだ。以前から、彼女はクレイグに想いを寄せていたのだと」

「……！」

もしも、ライオネルが、婚約する予定だったユージェニーのことを少なからず愛していたのだとすれば、それは病に倒れた彼にとって何と残酷な言葉だったのだろうかと、エディスの胸は痛んだ。

そんなエディスの気持ちを察したかのように、ライオネルがふっと笑った。

「幼馴染だったユージェニーは、僕にとっては妹のようなものだったから、彼女の言葉に驚きこそすれ、それでどうという訳ではなかったんだ。だから、君がそんな顔をする必要はないよ。それに、クレイグも彼女を想っていたと知ったのは、あの時になって初めてだったから、僕も周りが見えてはいなかったのだろうね」

ライオネルは、当時を思い返すように小さく息を吐いた。

「ただ、グランヴェル侯爵家にとっては、そもそも、ユージェニーが次男のクレイグと婚約するところで、何の問題もなかった。まだユージェニーは僕と婚約していた訳でもなかったし、彼らが将来結婚すれば家同士の縁もできる。僕が病を患う前に彼らの気持ちを聞けていれば、ただ彼らのことを祝福していただけだっただろう。けれど、僕の命が危うくなったあの段階になって初めて彼女がそう言い出したのは、彼女の両親の意向が反映されているからではないかと、僕はそう感じた。クレイグがこの家の跡を継ぐことになると、彼らがそう判断した上での、あのユージェニーの言葉だったのだろう」

「そのような背景があったのですね……」

ライオネルは、エディスの瞳をじっと見つめた。

「そうすると、僕の病状がこのまま快方に向かうと、かえってユージェニーの両親には都合が悪いということになりかねない。……エディス、僕にとっての君は、誰より大切で愛《いと》しい、なくてはならない存在だ。そんな君を、下手な騒動に巻き込みたくはないと心配しているんだよ」

エディスは、彼の言葉に微笑みを浮かべると、首を横に振った。

「お優しいお心遣いをありがとうございます。でも、私などのことは構いませんから、ライオネル様には、お身体のことだけ考えて、病状の回復に専念していただきたいと思っています」

「そんな人の好《よ》い君だからこそ、心配しているんだけれどね。……それに、ユージェニーが本当にクレイグを愛していれば問題はないが、彼の気持ちを利用してはいないだろうかと、その点は懸念しているよ。クレイグには余計なお世話かもしれないけれどね」

「そうでしたか……」

「もしもユージェニーが、僕が世を去るまでもう少し待つことができていたならば、彼女は恐らくその後、何の問題もなくクレイグと婚約し、結婚していただろう。彼女ないし彼女の両親が僕を見限るのがいくらか早かったために、僕は君と出会って救われ、奇跡のような快方に向かっている。……運命とは皮肉なものだね」

しばらく、二人の間に沈黙が落ちた。ライオネルは、やや苦笑するとエディスを見つめた。

「少し、話し過ぎてしまったかな。だが、これは単なる僕の見解に過ぎない。ある事柄が起こった時、誰しもが自らのフィルターを通して見ているものだと思う。一つの事実に対して、解釈は人の数だけあるからね。……こんな話をしておいて何だが、君がユージェニーと二人でお茶の時間を過ごすなら、エディス、君にはまっさらな気持ちで、彼女と話してみてほしい。僕は、君の感覚を信頼しているからね」

「わかりました、ライオネル様」

エディスは、ライオネルに話をさせ過ぎて、疲れさせてしまっているのではないかと心配しながらも、彼の気持ちに思いを馳せて、胸の中を重いものが揺蕩《たゆた》うのを感じた。病に臥せって辛い状況にある中で、婚約を予定していた幼馴染に突然、弟が想い人だと告げられたなら、少なからず傷付くのではないかと、エディスは思わざるを得なかった。

ユージェニーがライオネルを見つめていた視線には、その後悔も込められていたのだろうかと、エディスはぼんやりと想像しながらも、やはり一度彼女と話してみたいと考えていた。

(想像するだけでは、わからないこともあるもの。……それに、どうしてユージェニー様がわざわざ私をお茶に誘ってくださったのかも気になるわ)

エディスは、ユージェニーの達筆で書かれた手紙を思い返しながら、ライオネルの車椅子を押す手に再度力を込めた。

第四章

1　婚約者同士で

「エディス様！」

ティールームの奥まった席から小さく手を振るユージェニーの姿を見付けて、エディスはほっとして彼女に手を振り返した。ユージェニーからの手紙に、エディスがお茶の誘いを受ける旨の返信をしたためてから、再度届いた手紙で彼女に提案された場所は、王都でも人気のティールームだった。高級店として有名なところだ。

明るいざわめきで満たされた店内を案内されて、エディスがユージェニーのついているテーブルに辿《たど》り着《つ》くと、そこは他の客の視界には入りづらいものの、庭に面した大きな窓から緑がよく見える、居心地のよい席だった。指定の時間より早めに着いたエディスだったけれど、ユージェニーはさらに早くから彼女を待っていたようだった。

「本日はお時間をくださって、どうもありがとうございます。エディス様」

にっこりと微笑《ほほえ》んだユージェニーに向かって、エディスも笑みを返した。

「ユージェニー様、こちらこそ、今日はお誘いくださりありがとうございます。お待たせしてしまい、申し訳ありません」

「いえ、私が早く着いてしまっただけですから。私、エディス様とお話しできるのを、とても楽しみにしていたのです」

言葉通り嬉《うれ》しそうな様子のユージェニーに、エディスは笑みを深めてから、貴族と思《おぼ》しき多くの人々で賑《にぎ》わうティールームを見回した。

「ここは人気で予約が難しいと言われているお店ですよね。席を取ってくださって、ありがとうございました。ここにはよくいらっしゃるのですか？」

「ええ、それなりには。馴染《なじ》みでもあるので、席は融通してもらえました。……私がエディス様を家にお招きするのではなくて、この店をご提案したのは、二人きりでゆっくりお話ししたかったからなのです。家だとどうしても、両親や使用人の目もありますから」

エディスは、ユージェニーの両親の顔を思い浮かべながら、彼女の言葉に頷《うなず》いた。ちょうど、その時注文を取りに来た店員に、ユージェニーとエディスがお茶とケーキの注文を終えると、ユージェニーは少し目を伏せて、エディスに尋ねた。

「ライオネル様のお身体《からだ》の具合は、その後いかがですか？」

「ええ、順調に快方に向かわれていますよ。まだ、元の通りの生活とまではいきませんが、かなり回復の兆しが見えていると、そうお医者様には伺っています」

「……そうでしたか」

エディスの言葉に、ユージェニーはほっとした様子で微笑むと、エディスの瞳をじっと見つめた。

「エディス様。私がクレイグ様と婚約することになった経緯はご存知でしょうか？」

「……ええ」

エディスは、どう答えたものかと思案しながら口を開いた。

「クレイグ様からは、彼がユージェニー様のことを想《おも》っていらして、それでクレイグ様とユージェニー様が婚約することになったと、そう伺っています」

「クレイグ様が、そのようなことを……？」

ユージェニーは、驚いたようにその大きな瞳を見開いた。

「その……ライオネル様と私のことも、何か聞いていらっしゃいますか？」

「そうですね。……当初はライオネル様とユージェニー様との間で婚約が予定されていたのが、その後ライオネル様が体調を崩されたことと、クレイグ様のお気持ちもあり、ユージェニー様はクレイグ様と婚約なさることになったと、そのような話を耳にしておりますが」

「それだけ、でしょうか」

不安げにどこか緊張の色を滲《にじ》ませたユージェニーに、エディスは頷いた。

「ええ、ユージェニー様とクレイグ様のご婚約の経緯については、私が伺っているのは概《おおむ》ねそんなところです」

慎重に言葉を選びながら答えたエディスに、ユージェニーは瞳を少し潤ませた。

「ライオネル様もクレイグ様も、本当に品の良《い》い、優しい方たちですわね。……クレイグ様は、具体的には何と仰《おっしゃ》っていらしたのか、教えていただいても？」

困惑しつつも、エディスは、真《ま》っ直《す》ぐにじっと彼女を見つめるユージェニーの瞳に白旗を上げた。

「クレイグ様は、ユージェニー様にずっと懸想していらしたのだと。そして、ライオネル様が病に倒れて悲しんでいらっしゃるユージェニー様の姿を前にして、それまで秘めていた想いを告げてしまった、悪いのは全てご自分だと、そう仰っていました」

「……！」

ユージェニーの瞳から、堪え切れずぽろりと一粒の涙が零《こぼ》れ落《お》ちた。

「それは、真実ではありませんわ」

「……えっ？」

思わず目を瞬《まばた》いたエディスに向かって、ユージェニーはハンカチで目尻をそっと押さえてから、呟《つぶや》くように続けた。

「ライオネル様が病に臥《ふ》せってから、私が彼を見舞いに訪れた時、クレイグ様が私に仰っていたのは、違う言葉でしたわ。『どうか、兄さんの側で支えてやってほしい。兄さんは、今まで経験したことのない程の苦境の中にいるのだから』と。……クレイグ様の言葉は、私を庇《かば》うための嘘《うそ》に過ぎませんわ」

エディスは、言葉を失ったまま、こくりと小さく唾を飲み込んだ。

ユージェニーは、瞳に浮かんで来た涙を再度ハンカチで押さえてから、エディスを見つめた。

「エディス様には、何からお話しすればよいのか……。元々、ライオネル様とクレイグ様のご兄弟と私は、夏の休暇の際に過ごす別荘が近く、幼い頃から、毎年夏になるとよく遊ぶ幼《おさな》馴染《なじみ》の間柄でした。それがきっかけになって、侯爵家同士、将来の婚約の話が持ち上がったのです」

ユージェニーの話は、ライオネルから聞いている話と確かに重なると思いながら、エディスは頷いた。

紅茶とケーキが二人の前にそれぞれ運ばれて来ると、ユージェニーは紅茶で一口喉を潤してから口を開いた。

「どうか、昔話だと思って聞いてくださいませ。……私、まだ幼い日に、ライオネル様に初めてお会いした時から、彼に憧れていたのです。両親の話から、ライオネル様と将来婚約することになる予定だと知って、幼な心に胸が躍りましたわ」

ユージェニーの気持ちを聞いて、エディスは胸の奥が微かにざわりと騒ぐのを感じた。遠くを見るような瞳で、ユージェニーは続けた。

「ライオネル様は、まだ幼い時分から落ち着いていらして、優しく紳士的でいらっしゃいました。そんなライオネル様に対して、クレイグ様は元気でやんちゃなところがあり、お二人は対照的な性格でしたが、とても仲の良いご兄弟でした。お二人とは、時間を忘れて夢中になって遊んだものです。陽が暮れてから別荘に戻って、両親に叱られたことも、一度や二度ではありませんでした」

仲の良い三人の姿が目に浮かぶようだと思いながら、エディスはユージェニーを見つめた。

「楽しい幼少時代を、一緒に過ごされたのですね」

「……思えば、無邪気だったあの頃が一番楽しかったのかもしれません」

ユージェニーは、やや表情を翳《かげ》らせた。

「けれど、私の家の事業は、次第に傾いていきました。今も、両親は一見羽振りの良い生活をしているように見えますが、侯爵家とは名ばかりで、内情としては、それほどの余裕はないのです。対するグランヴェル侯爵家は、盤石な事業基盤を持つ名門です。両親の期待は、一人娘の私に一心に注がれました。将来、私がグランヴェル侯爵家夫人となれれば、家を持ち直すこともできるだろうと、両親はそう考えているようでした。両親は、家同士の口約束だけでは不安だったようで、ライオネル様の心をしっかりと摑《つか》んで早く婚約まで持ち込むようにと、私に口を酸っぱくして言っていました。私とて、彼の気持ちが欲しかったのです。でも……」

寂しげな笑みを浮かべたユージェニーは、小さく溜息《ためいき》を吐《つ》いた。

「結局、私がどんなにライオネル様に相応《ふさわ》しくなろうと努力しても、彼が私を一人の女性として見てくださることはありませんでした。ライオネル様は、文武両道で人望があり、お美しく、非の打ち所のない方でした。隣で支える女性など必要としないほど、お一人で完璧だったのです。……彼は、穏やかな兄のように私に接してはくださいましたが、それ以上ではないことは感覚としてわかりました」

「ユージェニー様のような、お美しい方でもですか？　それに、私からは、ユージェニー様も完璧に見えますが……」

驚いたエディスに、ユージェニーは首を横に振った。

「いえ、近くにいれば、自然と感じられるものです。優しいライオネル様のこと、いずれ時が来て結婚することにでもなれば、家族としての愛情を与えてはくださったのでしょうが、空回りの努力を続けていた私は疲れ切っていました。そんな時、私を支えてくださったのがクレイグ様でした」

「……クレイグ様が？」

「ええ。ライオネル様には遠慮してしまって言えないようなことでも、クレイグ様になら気軽に相談できたのです。私は、彼の優しさに甘えて、家の内情や、両親の私への期待、ライオネル様に振り向いていただけない虚《むな》しさなど、全て聞いていただいていました。そのうちに、次第に私の気持ちはクレイグ様に傾いたのです。どことなく、クレイグ様が私に寄せてくださっていた好意に気付いたこともあるのかもしれません。でも、私は、ずっとそのことを両親に言い出せずにいました。もし口に出せば、次男との婚約なんてと、反対されるのはわかりきっていましたから。……ライオネル様が病に倒れられたのは、ちょうどそんな時期でした」

頷いたエディスを前に、ユージェニーは顔を辛《つら》そうに歪《ゆが》めた。

「ライオネル様を見舞った時、彼の想像以上の容体の悪さに、私はすっかり青ざめてしまいました。生命力を失い掛けていた彼の様子を見て、同時に、私は卑怯《ひきょう》にも思ったのです。この状況なら、クレイグ様がグランヴェル侯爵家を継ぐのではないだろうか、クレイグ様との結婚が叶《かな》うかもしれないと。私は後先を考えることなく、ベッドに臥せるライオネル様に向かって、必死にクレイグ様への自分の気持ちを吐露していました」

エディスは、ライオネルから、病に倒れた彼を見て、顔を歪めなかったのはエディスが初めてだと言われたことを思い出していた。婚約予定だったユージェニーにまで青ざめられていたのかと、エディスはきゅっと胸が摑まれるように痛くなった。

ユージェニーは、自らの顔を両手で覆った。

「……初めて、ライオネル様に必要とされた場面で、私は彼を見捨てて、突き放してしまったのです。暗い顔で唇を引き結んだ彼を見て、私は取り返しの付かないことをしたことに気付きました。幼馴染で、いつも優しかった彼を支えようともせずに、残酷に切り捨ててしまったのですから。ライオネル様を見舞った直後にお会いしたクレイグ様は、兄を支えて欲しいと私に仰いましたが、もう、その時には、今お話ししたように後の祭りだったのです。結局、クレイグ様が私を庇ってくださって、彼と私の婚約話が持ち上がりましたが、クレイグ様はその時も私にこう仰っていました」

ゆっくりと両手を下ろしたユージェニーは、エディスをじっと見つめた。

「『兄さんが信頼できる婚約者に出会うまでは、すまないが君とは婚約できない』と。グランヴェル侯爵様も同じお考えだったと思います。そして、エディス様、あなたがライオネル様の婚約者となってくださいましたね。クレイグ様も、あなたにそんな嘘を吐いてまで、私を守ろうとしてくださって。……私には、そこまでしていただく価値はないのに」

「クレイグ様は、本当にお優しい方なのですね。そして、ユージェニー様のことも、ライオネル様のことも大切に思っていらっしゃる」

「私には、もったいないような方ですわ。……ライオネル様には、私、一生口をきいていただけなくても文句は言えません。すっかり信用も失っていると思いますし、クレイグ様の相手に相応しくないのではと、きっと眉を顰《ひそ》めていらっしゃることでしょう。どうしたって、私には、最も辛い状況にあった彼のことを、掌《てのひら》を返すような態度で酷《ひど》く傷付けてしまったことを、今更償うことはできません」

少し口を噤《つぐ》んでから、ユージェニーは再度口を開いた。

「ただ、一つだけ、ライオネル様のお力になれるかもしれないことで、私が思い付いたことがありました。……遠い昔、まだ魔法が使われていた時代に、白魔術師の中でもトップクラスの回復魔法を使える家系があったと言われていました。途中で跡継ぎが姿を消したと言われるその家系の先を、今のスペンサー侯爵家に使える限りの情報網を使って捜していたのです」

ユージェニーがエディスを見つめる真剣な眼差《まなざ》しと、彼女の持ち出した話との関係が見えないままに、エディスはただ静かに、彼女の言葉に耳を傾けていた。

2　受け継がれた血筋

ユージェニーは、手元の紅茶のカップに視線を落としてから、言葉を続けた。

「ライオネル様の急激なお身体の具合の悪化を目にして、きっと、これは魔法の力でも借りない限りは回復が難しいのだろうと、私にも容易に想像がつきました。今は、魔法を使える者はほとんどいないと言われる中で、雲を摑むような話ではありましたが、その非常に優れていたと言われる白魔術師の家系には、魔法の力を受け継ぐ子孫が多く出ていたと言われていました。私はそこに希望を託して、その家系にのみ焦点を絞って捜すことにしたのです」

ユージェニーの言葉にエディスが頷くと、彼女は視線を上げてエディスに尋ねた。

「特に、その家系に生まれた女性には強い魔力が受け継がれることが多かったそうで、その昔は、聖女の名を拝するほどの方も多く輩出されたとか。……エディス様は、そのような聖女の話はご存知ですか？」

「いいえ。私は、そのような話は聞いたことがないですね」

「そうでしたか。……魔法を使える者が次第に減る中で、貴重な回復魔法が使えたその家系の跡継ぎの女性は、ある時突然行方を眩《くら》ましてしまったそうです。昔のことですし詳細はわかりませんが、どうやら、権力者たちに自らの力を利用されることに嫌気が差したようですね。いつの世も、特殊な力の持ち主は、自らの意思にかかわらず、利用される対象になりがちですからね」

ユージェニーはいったん言葉を切ると、再度エディスを見つめた。

「幸運にも、その女性に関する手掛かりを見付けることができ、私は侯爵家の情報網を通じて彼女の足跡を辿らせました。驚くことに、彼女は平民に紛れて生活していたのです。金や権力にまみれた貴族社会を離れ、困っている身近な人々を救いながら、穏やかにその生涯を終えたようでした。本来の聖女らしい姿で過ごしたと言えるのかもしれませんね。……そして、さらにその数代後の子孫に当たる女性のところまで、ようやく辿り着いたのです」

「では、その強い魔力を受け継ぐ可能性のある女性は見付かったのですか？」

エディスは、身を乗り出すようにしてユージェニーに尋ねた。

「ええ。彼女は、地方の町で、夫婦で小さな薬屋を営んでいたことがわかりました。……彼女の作る薬はとてもよく効くと評判だったそうですので、恐らく、彼女にも回復魔法を扱う力があり、自らの力を自覚していたのかはわかりませんが、きっと薬に魔法を込めていたのでしょう。けれど、私がようやく彼女に辿り着いた時には、残念なことに、彼女は夫と共に不幸な事故で世を去った後でした。けれど、彼女には一人娘がいたのです」

「……！」

まさかとは思いながらも、エディスがはっと息を呑《の》んでいると、ユージェニーは静かに頷いた。

「私がその町に向かおうとした時には、既に、彼女は親戚の貴族に引き取られた後でしたが。……もう、お気付きですね。それがエディス様、あなたなのです。エディス様の居場所を突き止めたのはごく最近になってからでしたが、調査報告書を見て、私は信じられない気持ちでした。その時にはもう、エディス様はライオネル様と婚約なさって、グランヴェル侯爵家にいらしていたのですから」

ユージェニーは、言葉を失っているエディスを、やや眉を下げて、気遣うように見つめた。

「突然ご両親を亡くされて、辛い思いをなさいましたね。心中お察しいたします。……けれど、まさか、ライオネル様の元に、既にエディス様がいらしていたなんてと……神様は本当にいらっしゃるのかもしれないと、私は生まれて初めてそう思いました」

エディスは、幾度か目を瞬いてから、ユージェニーの瞳を覗《のぞ》き込《こ》んだ。

「あの、それは本当のことなのでしょうか？　母がそのような特別な血を引いていたというのは。突然の話で、まだ現実みが湧きませんし、もしそうだったとしても、娘の私にそのような魔法の力があるかはわからないのですが……」

「お母様に関しては、確実に、聖女を輩出している由緒正しき白魔術師の末裔《まつえい》です。そして、エディス様は、ご自身の魔法の力について自覚なさってはいらっしゃらないようですが、私は間違いなくお力があると信じています。……先日、グランヴェル侯爵家にクレイグ様との婚約のご挨拶に伺った時、私はライオネル様のお身体の具合はいかがなのだろうと、そっとご様子を窺《うかが》っていました。明らかに顔色もよく、回復に向かっている様子の彼に、胸を撫《な》で下《お》ろしながら、エディス様のお力も確信したのですよ」

（お母様は、魔法を使えたのかしら。私にも、魔法が使えるの……？）

エディスの頭に、患者たちに慕われていた優しかった母の顔が浮かんだ。今となっては確かめようもないけれど、心を込めて薬を作る母の姿に、温かな力を感じたことも、エディスは思い出していた。

ユージェニーは、エディスに向かって深く頭を下げた。

「エディス様。どうか、ライオネル様を支えて差し上げてください。彼を治せるのは、きっとエディス様のほかにはいらっしゃいません。……ライオネル様を見捨てるようなことをしてしまった私に、こんなことを言う資格がないことはわかっていますし、何て虫のよいことをと思われるでしょうが、どうしてもそれだけはお伝えしたくて、今日はエディス様のことをお誘いさせていただいたのです」

「もちろんですわ。ライオネル様のことは、私にできる限り、全力でお支えいたします」

エディスの言葉に、ほっとしたように微笑んだユージェニーに向かって、エディスも穏やかな笑みを返した。

ユージェニーとエディスは、冷めかけた紅茶と、それまで手付かずだったケーキを口に運びながら、それから思い付くまま話を続けた。

エディスは、ユージェニーが自らの行いを悔いてライオネルの身体を心配していたことや、侯爵家令嬢らしく美しい外見や仕草とは裏腹に、思いのほか親しみやすかったこともあり、警戒や緊張が次第に解けて、話すほど心が温まっていくのを感じていた。

ユージェニーは、ふと興味深そうにエディスに尋ねた。

「エディス様は、ご両親の薬屋を手伝っていらしたのですか?」

「ええ。主に、商いの仕方は父から、薬草の煎《せん》じ方や薬の調合方法は母から教わりました。小さな薬屋でしたが、いらっしゃる患者様とも距離が近くて、私は両親の店が大好きでした」

「きっと、温かくて素敵なご両親だったのでしょうね……」

ユージェニーが目を細めると、エディスは頷いた。

「はい。それに、父と母はとても仲がよかったのですよ。父がオークリッジ伯爵家の跡取りだったと知ったのは、父が他界してからでしたが、父は平民の母と結婚するために、家を捨てて駆け落ちしたそうです。その後も、ずっと母のことを大切にしていました」

「まあ。素敵ですわね。それに、勇気があるお父様だわ。……私とは、正反対ですわね」

ユージェニーは、顔を翳らせて寂しげに微笑んだ。

「もし、私が両親に逆らってでも、クレイグ様と一緒になりたいと、ライオネル様がお元気でいらした時にそう言えていたのなら……。そうしたら、きっとライオネル様をあれほど傷付けることもなかったでしょうし、今だって、別の方法でお支えすることもできたかもしれないのに……」

深い溜息を吐いて、ユージェニーは続けた。

「私の身勝手な行いのせいで、あれほど仲の良かったライオネル様とクレイグ様のご兄弟にも、目に見えない亀裂を生じさせてしまったことでしょう。お二人とも、優しく思いやり深い方たちですし、今でも互いを大切に思っているのは間違いありませんが、ライオネル様を裏切ってクレイグ様と婚約した私の存在が、グランヴェル侯爵家に影を落としているはずです。それに……」

ユージェニーは力なく視線を落とした。

「アーチェ様には、すっかり嫌われてしまいました。どうやら、私がライオネル様を見舞った時の様子を、アーチェ様は物陰から見ていらしたようなのです。大好きなお兄様を傷付けたと、幼な心にも怒り心頭だったのでしょうね。どんなに謝っても許されないことをしてしまった私のことを、きっと、これからも受け入れてはくださらないでしょう」

「そうだったのですか……」

エディスは、出会った時から警戒心が強かったアーチェのことを思い起こしていた。恐らく、ユージェニーの言葉に傷付いた兄の姿を目撃したために、新しく兄の婚約者になったエディスが、また兄を傷付けることがあるのではないだろうかと、小さな胸を痛めて心配していたのだろうと、そう思った。

ユージェニーは、エディスに向かって静かに口を開いた。

「すべて、これは私が起こしてしまったことです。身から出た錆《さび》ですし、私が嫌われるのは当然ですが、せめて、グランヴェル侯爵家に私が生じさせてしまった不協和音を、少しずつでも解消していけたらと思うのですが……難しいですね」

「けれど、ユージェニー様は、ライオネル様のために、白魔術師の血筋を辿って調べていらしたではないですか。ライオネル様やアーチェ様がそのことを知ったら、ユージェニー様の印象も変わってくるのではないでしょうか」

エディスの言葉に、ユージェニーはすぐに首を横に振った。

「いいえ、私がしてしまったことを償うには、程遠いですわ。それに、エディス様のお力は、ライオネル様が一番側《そば》で実感していらっしゃるはずです。伝えていただくには及びませんので、伏せておいてくださいませ。……エディス様がとてもお優しくて素晴らしい方で、今日はお話しできて嬉しく思いました」

「こちらこそ、ユージェニー様とお話しできてよかったです。お誘いくださって、ありがとうございました」

エディスは、ほんのり温まった胸を抱えて、自分がユージェニーやグランヴェル侯爵家のために何かできることはないかと思いながら、帰路に就いたのだった。

3　避暑地での療養

エディスがグランヴェル侯爵家の屋敷《やしき》に来てから一ヵ月ほど経《た》ったある日のこと、車椅子に乗ったライオネルは、朗らかな笑みを浮かべながらエディスに話し掛けた。

「エディス、だんだん暑くなってきたね。僕の体調も君のお蔭《かげ》で随分と良くなってきたし、君さえよければ、療養も兼ねて避暑地にある別荘に行こうかと考えているんだ。ほとんど寝たきりだった時には、とても考えられなかったことだけれどね。……使用人も、幾人か連れて行こうと思っているよ」

車椅子に乗ったライオネルの朗らかな笑顔を見て、エディスも嬉しそうに笑った。

「それはよい考えですね。私も、是非ご一緒させていただきたいです」

エディスは、ライオネルが自発的に新しいことをする気力が湧いてきた様子を、喜ばしく思っていた。

「幼い頃に毎年のように行っていらしたという、あの別荘ですか？」

「ああ、そうだよ。あの場所に行くのは、随分と久し振りだな」

ライオネルの言葉に、ユージェニーとも幼い日に遊んだという別荘なのだと理解したエディスは、躊躇《ためら》いがちに尋ねた。

「別荘には、クレイグ様やユージェニー様はお誘いするのでしょうか？」

「いや、その予定はないよ。使用人を除いては、今回は君と、それからアーチェも連れて行けたらと思っているが……どうだい？」

「ええ。私はライオネル様のお側にいられるなら、もちろんそれで構いませんわ」

ライオネルの表情がやや硬くなった様子に、エディスは申し訳なさを感じながら、慌てて微笑みを浮かべた。

ライオネルには、ユージェニーと会った日、彼女がライオネルのことを心配して、彼の回復を願っている旨は伝えていたけれど、ライオネルの表情はあまり変わらなかったのだ。わだかまりの深さを感じて胸を痛めつつも、エディスはいつの日か、また皆が昔のように笑える時が来ることを願っていた。

（ユージェニー様たちを誘うことをご提案するのは時期尚早だったようだけれど、きっとまたいつか。……それに、まずはライオネル様のお身体が第一だものね）

ライオネルは、エディスが出会った頃に比べると、目覚ましいほどの回復を見せていた。まだ車椅子に座ってはいるけれど、ライオネルの姿は、思わず見惚《みほ》れてしまうほどの瑞々《みずみず》しい美しさを取り戻していて、エディスは彼の笑顔を見る度に、つい頬が染まってしまうのだった。

「広々とした自然の多い場所で、空気も綺麗《きれい》なんだ。君にとっても、良い気分転換になるとよいのだが」

「私も楽しみです。ふふ、初めてのライオネル様との旅行ですね」

エディスの言葉に、ライオネルは嬉しそうにその美しい顔を綻ばせると、車椅子の上から愛おしそうにエディスを見上げたのだった。

＊＊＊

別荘に到着すると、エディスはほうっと感嘆の息を吐いた。

「ライオネル様、ここはとても美しい場所ですね。広々としていて、緑豊かで、静かで……」

眩《まぶ》しい陽射《ひざ》しの差す、青々とした草木が鮮やかな別荘の広大な庭をエディスは見渡していた。ライオネルは、そんなエディスの姿に目を細めた。

「君が気に入ってくれたなら嬉しいよ、エディス。都会の喧騒《けんそう》を離れてゆっくり過ごすには、ここはうってつけの場所なんだ」

どこまでも続く緑に囲まれた別荘の広大な庭で、エディスはライオネルの車椅子を押していた。木々の奥に覗く青い湖が、きらきらと陽射しを弾いて輝いている。

エディスは、頰を撫でていく涼しい風を心地良く感じながら、車椅子を押す手に確かな手応えを感じることを嬉しく思っていた。出会った頃には骨と皮ばかりだったライオネルは、未《いま》だに細身ではありつつも、青年らしいしなやかな体軀《たいく》を取り戻しつつあった。

夢中で蝶《ちょう》を追いかけて庭を駆け回るアーチェの姿を、ライオネルは口元を綻ばせながら見つめていた。あっという間に小さくなっていくアーチェの後ろ姿に向かって、ライオネルは優しく声を掛けた。

「アーチェ、転ばないように気を付けるんだよ」

「はーい、お兄様！」

にっこりと笑ったアーチェの声が、風に乗って二人の耳に届いた。ライオネルとエディスは、顔を見合わせて微笑んだ。

「最近は、アーチェがよく笑うようになってきたんだ。一時期は、アーチェの暗い表情を見るばかりで、ほとんど笑顔も見られなかったから、心配していたのだがね」

「それは、ライオネル様が順調にお元気になられてきたことも大きいのでしょうね。アーチェ様、ライオネル様のことが大好きですもの」

ライオネルのところに可愛《かわい》らしいアーチェが笑顔で駆け寄ってくる姿を見る度に、エディスもついつい頬を緩めてしまう。何気ない兄妹《きょうだい》の微笑ましいやり取りを見ていると、エディスは、ライオネルの身体が快方に向かっていることを実感し、喜びがじわりと胸に湧き上がるのを感じるのだった。

「……これもすべて、エディスのお蔭だよ。君が僕の側で支えてくれるようになってから、僕の身体には毎日のように奇跡が起こっているようだ」

日を追うごとに体調が回復し、薄紙を剝ぐように、元の身体を少しずつ、しかし確実に取り戻しつつあるライオネルの言葉に、エディスは嬉しそうに微笑んだ。

「それは、ライオネル様のお蔭でもありますわ。私を側に置いてくださっているだけでなく、私が勧めた薬は、どれも嫌がらずに飲んでくださっていますし、休んでいただくようお伝えすれば、無理せず休息を取ってくださいますし。……そのような日々の積み重ねが、きっと順調な回復に繫《つな》がっているのでしょう」

エディスの言葉に頷いたライオネルは、もう背中が見えなくなったアーチェが駆けて行った方向を見つめながら、どこか羨ましそうに呟いた。

「……昔は、僕もここであんな風に走り回っていたんだ。僕も、いつの日か、また自分の足で立ち、歩いたり、走ったりすることができるのだろうか」

自らの腿《もも》を見下ろしたライオネルに、エディスが尋ねた。

「そろそろ、立つ練習も始めてみましょうか？　私が横で手をお貸ししますので」

「いいのかい、エディス？　僕の身体もだんだん体重が増えてきたし、君の負担にならないだろうか」

「ふふ、私は大丈夫ですから。さあ、お気持ちの準備ができたら、私につかまってください。……久し振りのことですから、足は思うように動かなくても当然です。あまりご無理はなさいませんように」

「ああ。ありがとう、エディス」

ライオネルは、エディスの差し出した腕を借りると、ゆっくりと車椅子から腰を浮かせた。慎重に身体のバランスを取りながら両脚に力を入れたライオネルを、エディスは横から支えていた。時間をかけながらも、真っ直ぐに背筋を伸ばして立ち上がったライオネルに向かって、エディスは感激の声を上げた。

「……すごいわ、ライオネル様！　しっかりと、今、ご自分の両足で立っていらっしゃいますよ」

「僕自身も、信じられないよ。長い間、足はふらつくばかりで、全く力が入らなかったんだ。……こうしてまた、自らの足で立つことができるようになる日がくるなんて……」

ライオネルは少し瞳を潤ませてから、エディスに笑い掛けた。

「少し、欲が出てきたみたいだ。……今度は、少し歩いてみてもいいだろうか？」

「ええ、もちろん。ライオネル様のペースで、少しずつ足を前に出してみてくださいね」

ライオネルは、エディスの腕を借りたまま、そっと右足を一歩踏み出した。続けて、ゆっくりと左足に力を入れ、さらにもう一度右足に体重を移した。隣で腕を貸すエディスが、ライオネルの様子をじっと見守っていた。

「……素晴らしいです！　ライオネル様、ご自分の足で歩くことができましたね」

覚束《おぼつか》ない足取りで、ほんの小さな数歩ではあったけれど、確かに歩くことができたライオネルのことを、エディスは賞賛を込めた眼差しで見つめて微笑んだ。

ライオネルも、どこか手応えを摑んだ様子で、夢中で自らの両足を必死に動かしていた。

「僕はまた、車椅子なしで歩けるようになれるのかな。……おっと、」

「あっ、ライオネル様……！」

上手《うま》く足に体重を乗せられずによろめいたライオネルの身体を、咄嗟《とっさ》にエディスが支えた。けれど、ライオネルを抱き締める格好になったエディスは、彼を支えきることができずに、そのまま二人で草原の上に転がった。

柔らかな絨毯《じゅうたん》のように生《は》え揃《そろ》った芝生の上で、エディスに覆いかぶさる形になったライオネルは、慌てて身体を捩《よじ》るようにして、エディスの隣まで身体を転がした。

「……すまない、エディス」

「いえ、こちらこそ、ライオネル様のお身体を支えきれず、すみませんでした……」

ライオネルの身体から温かな体温をすぐ服越しに感じて、エディスの頬は隠し切れずに染まっていた。

二人並んで、青空を見上げて芝生に寝転ぶ形になったライオネルとエディスは、どちらからともなく、くすくすと笑い出した。

「はは、エディス。君は、いつも僕に希望をくれる。自分の足で歩くことなんて、僕はとっくの昔に諦めていたはずだったのに。……君と出会えて、僕は何て幸運だったのだろう」

ライオネルは、顔を横に向けて、隣に寝転んでいるエディスを眩しそうに見つめた。輝くばかりのライオネルの笑顔の美しさに、エディスは息を呑んでいた。

(……！　これほどお綺麗な方になんて、今までほかにお会いしたことはないもの。こんなに近くで彼のお美しい顔を見るなんて、私の心臓が持たないわ……)

高鳴る胸を抱えて、さらに顔を火照らせたエディスを見て、ライオネルはふっと愛《いと》しげな笑みをこぼすと、片手をゆっくりとエディスに向かって伸ばした。

「……エディス」

「は、はい。ライオネル様」

ライオネルは柔らかな手付きでエディスの髪の毛を撫でると、そのままエディスの後頭部に掌を滑らせ、エディスを軽く抱き寄せた。

「僕は幸せだよ、エディス。君がいつも側にいてくれて。……病がきっかけで君に出会えた今となっては、病に冒されたことすら幸運だったのかもしれないと、そう思えるほどにね」

ライオネルのタンザナイトのように澄んだ輝きを放つ青紫色の瞳が、エディスの顔に間近に近付いたかと思うと、彼女の額に、ライオネルの柔らかな唇がそっと触れた。

「……！」

ライオネルに口付けられて、驚きに目を見開き、さらに顔中を真っ赤に染めたエディスの耳元で、ライオネルが囁《ささや》くように尋ねた。

「……嫌、だったかな？」

「嫌だなんて、そんなこと、あるはずがありません……！」

思わずそう答えてしまってから、あまりの恥ずかしさに目を伏せたエディスを見て、ライオネルは楽しげに笑うと、彼女を抱き寄せる手に少し力を込めた。

「エディス。君は、本当に可愛いね」

ライオネルの腕の中で、エディスは、抑え切れず胸が跳ね、心の奥からじわりと喜びが湧き上がってくるのを感じていた。

（ど、どうしよう……。私、やっぱり、ライオネル様のことが心底好きになってしまっているわ……）

誰よりも誠実で優しく、前向きで努力家なライオネルのことを一番側で見ていて、彼に惹《ひ》かれない方が難しいとエディスは思っていた。

美しいユージェニーにさえ靡《なび》かなかった彼が回復したのなら、平凡な自分などは重荷にしかなら

ないのではと不安に思いつつも、エディスの気持ちは、いつも自然とライオネルに向いてしまうのだった。

しばらくエディスがライオネルの腕の中で抱き締められていると、遠くから高く明るい声が響いてきた。

「お兄様ー！　綺麗な蝶々《ちょうちょう》を捕まえました」

「……！」

近付いて来る小さな足音に、慌ててぱっと身体を離したライオネルとエディスは、恥ずかしそうに視線を交わした。

ライオネルのすぐ側まで駆け寄って来たアーチェは、不思議そうに首を傾《かし》げると、並んで芝生の上に寝転がっている二人を見つめた。

「……二人で日向《ひなた》ぼっこをしているの？」

「まあ、そんなところかな」

「ふうん？　仲良しね。……ねえ、お兄様。見てください」

アーチェは、羽を捕まえた蝶をライオネルの目の前に右手で翳《かざ》した。大きな羽を持つ、鮮やかな色をした揚羽蝶《あげはちょう》だった。

「美しい蝶だね、アーチェ。よく捕まえたね」

「ええ。とっても綺麗だったから、お兄様に飛んでいるところを近くで見せてあげたかったの。……ほら」

アーチェが手を離すと、蝶はひらひらと羽ばたいて、ライオネルとエディスの顔の上を舞いながら飛び去って行った。

ライオネルは、手を伸ばしてアーチェの頭を撫でた。

「優しいね、アーチェは。綺麗に羽ばたく姿が見られたよ、ありがとう」

「よかった！　私も、少しでも、お兄様が元気になるようなことをしてあげたかったの。……エディスお義姉様《ねえさま》みたいに」

エディスははっとしてアーチェを見つめると、上半身を起こした。まだライオネルとは婚約中の身であるエディスだったけれど、アーチェがエディスをお義姉様と呼んでくれたのはこれが初めてだった。

ふっと恥ずかしげな笑みを浮かべてエディスの腕の中に飛び込んで来たアーチェの小さな身体を、彼女に受け入れられて心が温まるのを感じながら、エディスもぎゅっと抱き締め返した。

そんな二人の姿を、ライオネルは隣で嬉しそうに目を細めながら見つめていた。

4　オークリッジ伯爵家の混乱

ライオネルとエディスが避暑地にある別荘を訪れている頃、オークリッジ伯爵家は混乱の渦中にあった。

「一体、どうなっているんだ⁉　……いくつもの薬の在庫が切れている上に、薬の作り手も足りない。しかも、薬の効きが悪くなったと、品質についても苦情が来ているだと？」

怒りに顔を赤らめたオークリッジ伯爵は、青ざめた使用人に詰め寄りながらも、ふと、エディスがグランヴェル侯爵家に向かう時に、彼女から手渡された引き継ぎの書類があったことを思い出した。

エディスからは、信頼できる使用人に渡してください、できる限りお義父様《とうさま》も目を通しておいてくださいと、そう言われて託された書類だったけれど、彼はそれに一瞥《いちべつ》もくれることなく、そのまま放置していたのだった。

使用人は、顔色を失ったまま、消え入りそうな声で答えた。

「薬の在庫の管理も、足りない薬の調合も、それに帳簿付けも、皆エディス様がやってくださっていましたので。エディス様がオークリッジ伯爵家を出られた今、そこの部分が、その……穴が開いてしまっている状態でして」

「どうして、もっと早く言わなかったんだ⁉」

怒りに任せて怒鳴り付けた伯爵を見て、使用人は身体を震わせた。

「エディス様が去られてから、幾度も旦那様のところにご相談に参りましたが、エディス様がしていらしたお仕事の話をする度、義娘がしていた仕事など大した話ではないだろうと、まともに耳を貸してはくださいませんでした」

「……」

確かに身に覚えのあった伯爵は、むっとしたように口を噤むと、ぴりぴりとしながら使用人に告げた。

「すぐに、帳簿をここに持って来い」

「かしこまりました」

急いで戻って来た使用人から手渡された帳簿を彼は無言で捲《めく》ると、みるみるうちにその顔を歪めた。

「エディスがこの家を出た日から、白紙のままだ……」

髪を掻《か》き乱《みだ》しながら、伯爵は呻《うめ》くように呟いた。

「一刻も早く、グランヴェル侯爵家にいるエディスに連絡を。すぐに一度、この家に帰って来るようにと伝えるんだ」

しかし、グランヴェル侯爵家から、エディスはライオネルと別荘に出掛けていると伝え聞いた伯爵は、さらに頭を抱えて蹲《うずくま》った。

「まさか、エディスがこれほどオークリッジ伯爵家の薬事業に深く関わっていたなんて……」

「どうなさいましたの、お父様?」

血の気の引いた顔をして、エディスから受け取ったはずの書類を捜していた父の元に、不審そうに眉を寄せたダリアがやって来た。

「それがな……」

「それよりも、聞いてくださいませんか、お父様」

父の言葉を遮って、ダリアは苛立《いらだ》った様子で口を開いた。

「今度招待されている夜会に備えて、ドレスとアクセサリーを新調しようとしたのですけれど、つけ払いにしようとしたら断られたのです。支払いが滞っているからと。……ねえ、お父様。おかしくはありませんか？　グランヴェル侯爵家から、もう借金は帳消しにしていただいているはずですし、手元のお金だって潤沢にあるはずですよね？」

伯爵は、さらに青ざめた顔を引《ひ》き攣《つ》らせた。

「あれだけの資金があったはずなのに、このオークリッジ伯爵家の支払いが滞っているというのは、本当なのか？」

「私もよくわからないので、お父様に聞いているのですよ。エディスがライオネル様と婚約してからは、今まで、ドレスだってアクセサリーだって、好きに誂《あつら》えることができていたのに」

「……ダリア。お前は、まさか毎回夜会の度にそんなことを？」

ダリアは、父の質問に不服そうに頬を膨らませた。

「当然じゃありませんか、お父様。ようやくまとまったお金もできたことですし、何よりこの私をより美しく見せるためですもの。いつでも最上のものを揃えるのは当然でしょう？」

「……っ！」

伯爵は、娘の言葉に、何か言いたげに口を開いたり閉じたりを繰り返していたけれど、ようやく一言だけを絞り出した。

「どうして、こんな大切な時に、エディスはグランヴェル侯爵家の別荘なんぞに行っているんだ……！」

「……別荘？」

ダリアは眉を顰めると、その目を幾度か瞬いた。

「別荘にって、エディスが、あのライオネル様と一緒に？」

「ああ、他に考えられないだろう。今は、それどころの話ではないがな……！」

引き出しの中から、ようやくエディスが用意していった書類を見つけ出したオークリッジ伯爵は、エディスが伯爵家にいる間に行っていた業務量の膨大さに初めて気付き、目の前が真っ暗になるのを感じていた。

エディスによって丁寧に記載されていた引き継ぎ用の書類だったけれど、彼女がこなしていた仕事を引き継がせようとすれば、新たに幾人もの使用人を雇わなければならないことは、伯爵にすら明確に理解できた。

（くそっ。まさかエディスが出て行っただけでこんなことになるとは、予想もしていなかったのに……）

慌てふためく父を横目に見ながら、ダリアは、たった今耳にした父の言葉に訝《いぶか》しげな表情を浮かべていた。

「いったい、どういうことなのかしら？」

ダリアは、別荘という言葉を頭の中で反芻《はんすう》しながら、ゆっくりと腕組みをした。

「……あの子にライオネル様を押し付けた時、彼、別荘なんかに行けるような身体をしていたかしら。今にも倒れそうだったし、そんな旅行に行くような体力は残っていないように見えたのだけれど……」

首を傾げながら、ダリアは口の中で小さくそう呟いていた。

5　静かな夜

「ライオネル様。足元がだんだんしっかりとしていらっしゃいましたね」

別荘にしばらく滞在しながら、毎日のように歩行の練習をしているライオネルに向かって、隣で彼に手を添えていたエディスは頬を染めてにっこりと笑い掛けた。アーチェも、ライオネルが数歩歩く度に、小さな手で一生懸命に拍手をしていた。

「お兄様、その調子！　とっても、お上手ですよ」

「ありがとう。エディス、アーチェ」

ライオネルは額の汗を腕で拭うと、二人に向かって明るい笑みを浮かべた。

「未来への希望の道筋が、次第にはっきりと見えて来たような気がするよ。昔のように自由に身体を動かして、元の通りの生活をすることも、夢ではないような気がしてきたんだ」

エディスとアーチェは目を見交わすと、二人ともライオネルの言葉ににっこりと笑った。

「これほど、ライオネル様は努力していらっしゃるのですもの。絶対に、元のお元気な身体を取り戻されると思いますわ」

「頑張り屋さんのお兄様なら、大丈夫です！」

陽が傾き、辺り一面が赤く染まるまで歩行の練習を続けていたライオネルの背中を、エディスは労《いた》わるように撫でてから口を開いた。

「ライオネル様、今日もたくさん歩く練習をしてお疲れでしょう。日も暮れてまいりましたし、そろそろ、別荘に戻りましょうか？」

「そうだね、エディス。今日も、練習に付き合ってくれてありがとう。アーチェも、一緒に戻ろうね」

エディスが近付けた車椅子に腰掛けながら、ライオネルはアーチェの小さな手を握った。

「はい、お兄様！」

大きく頷いたアーチェは、エディスを振り向いてにこっと微笑むと、ぎゅっと兄の手を握り返した。

「……お兄様の手だって、前よりもずっとふっくらして、力強くなりましたもの。前は、強く握ったら壊れてしまいそうで、そうっと触れていましたけれど、もう大丈夫ですね」

あどけないアーチェの笑顔を見て、ライオネルははっとしたように少し口を噤んでから、掌の中にある小さく柔らかい彼女の手に、再度大切そうに力を込めた。

「ああ、もう平気だよ。……アーチェにも、心配をかけたね」

エディスも、二人のやり取りに心が温まるのを感じながら、アーチェの歩みに合わせて、ゆっくりと別荘に向かって車椅子を押して行った。

＊＊＊

「……アーチェ様、すぐにぐっすりと眠られてしまいましたね」

小さなベッドに眠る安らかなアーチェの寝顔を見ながら、今しがたまで彼女に絵本を読み聞かせていたエディスは、読み掛けの絵本のページを膝の上に広げたままで、隣にいる車椅子のライオネルに微笑み掛けた。

「ああ。今日もたくさん走り回っていたから、疲れたのだろうね。……君も疲れているだろうに、アーチェが君に絵本をせがんでしまって、すまなかったね」

エディスは、にこにことしながら首を横に振った。

「いいえ。私は一人っ子で、妹や弟に憧れていたので、むしろ嬉しいくらいです。アーチェ様、とっても可愛らしいですし」

「アーチェも、すっかり君に懐いたようだね。君の温かな人柄がよくわかったみたいだ。……幼いうちに母を亡くして、さらに僕の病気もあったから、きっと甘えたい気持ちも胸の奥にしまって、今まで我慢してきたのだろうね。君を見るアーチェの目は、すっかり家族の一員を見る目になっているよ」

「ふふ、そうでしょうか。私も、アーチェ様とも毎日一緒に過ごせて、とても楽しいです」

エディスに向かって感謝を込めた笑みを浮かべてから、ライオネルは、すぐ側にある大きな窓から、頭上に広がる美しい星空を見上げた。

「今日は新月だからかな、いつも以上に星がよく見えるね」

「ええ。まるで今にも星が零れ落ちて来そうな、綺麗な星空ですね。……あっ、流れ星だわ」

夜空をきらりと走る光の筋を見付けたエディスが、小さく声を上げた。

「今、見えましたか？　ライオネル様」

「ああ。君のお蔭で気付いたよ」

エディスとライオネルは、顔を見合わせて微笑んだ。ライオネルは、再度星空を見上げると、遠い過去を思い起こすように目を細めた。

「……この別荘に毎年のように来ていた頃の、身体を壊す前の僕は、流れ星に願いを込めることなんて考えたこともなかった。これは、昔話になるのだが……」

ライオネルは、星空に視線を向けたままで続けた。

「病を患うまでの僕は、特に苦労をしたことがなかったんだ。侯爵家という恵まれた立場に生まれて、自分で言うのも何だが、何をしても人に劣ることはなかった。勉強にしても運動にしても、たいした努力もせずに人よりも勝るということが当たり前で、そこに疑問を持ったことはなかったんだ。母を亡くした時に初めて、世の中には思い通りにならないことがあると知ったが、そのくらいだった」

エディスは、ユージェニーが、ライオネルは文武両道で完璧だったと言っていたことを思い出しながら、彼の言葉に頷いた。

「……思い返せば、あの頃の僕はどこか傲《おご》っていたのだろうね。流れ星に向かってささやかな祈りを託すことなんて、馬鹿げたことだと思っていたんだ。口には出さなかったが、祈るくらいなら努力すればよいのに、ってね。僕にとっては、僕の前に用意された侯爵家嫡男としての道を順調に歩んでいくことが当然で、そこに何の疑問も抱いてはいなかったし、僕の周囲の人たちの気持ちにも疎い部分があったように思う。そんな僕の見ていた世界が、病を患ってからひっくり返って、がらりと真逆になったんだ」

ライオネルは、ふっと小さく息を吐いた。

「僕を見る時、昔は大抵の人が好意的な眼差しを向けてくれたものだが、身体の具合が悪くなり、みるみるうちに痩せ細ってからは、青ざめて眉を顰める顔か同情の浮かぶ顔しか、ほとんど見ることはできなくなった。どんなに努力をしても、身体が次第に思うように動かなくなり、人が当たり前のようにできていることすらもできなくなって、もどかしかったし、苦しかったよ。侯爵家を継ぐことも絶望的になった」

ライオネルはいったん言葉を切ってから、再び続けた。

「身体を襲う痛みに悶《もだ》えながら、どうして僕だけがこんな思いをするのだろうと、何か縋《すが》れるものがあるなら、何にだって縋りたいような切実な思いだった。それこそ、流れ星にも心からの祈りを託してしまうほどに」

辛く寂しかったであろうライオネルの胸中を思い浮かべて、エディスはそっとライオネルの手に自分の手を重ねた。ライオネルは、じっとエディスの顔を見つめた。

「だが、病を患って初めて気付いたこともあったんだ。周囲の人たち……特に家族が、僕のことをどれほど思ってくれていたか。その温かな気持ちのありがたさに、ようやく気付いたんだ。それに、ふとした瞬間に、人から自分に向けられる親切や優しさが、それこそ、染みるようにありがたくてね。弱い立場を経験することがなかったなら、一生気付くことはなかったのかもしれない。……少しは、僕も人間らしくなれたのかもしれないよ」

「私は、昔から、ライオネル様はきっとお優しい方だったのだとは思いますが。それでも、病を通して色々な気付きがあったのですね」

ライオネルの優しさや心の強さは、彼が幼い頃から育んできたもので、一朝一夕で身に付くようなものではないとエディスは感じていた。けれど、彼の思いも、エディスの胸にすうっと染み込んできた。

エディスの言葉に、ライオネルは、温かなエディスの手を自らの両手で挟み込むようにして微笑んだ。

「……そして、君に出会えた。僕が君に出会って、君の温かさや優しさに、そして君の笑顔にどれだけ救われたか、とても言葉に言い表すことはできないよ。医師ですら匙《さじ》を投げた僕のことを、君はずっと根気よく支え続けてくれている。君がいなかったら、今の僕はいなかったし、君は天から遣わされた天使か女神なのではないだろうかと、僕は今でもそう思っているよ」

「いえ、ライオネル様。私はそんな……」

首を横に振ってふわりと頬に血を上らせたエディスを、ライオネルは優しく抱き寄せた。

「いつもありがとう、エディス。君は本当に、僕にとって何にも代え難《がた》い、大切な存在だよ」

ライオネルは、少し言葉を切ると、エディスを抱き寄せた腕を緩めて、恥ずかしそうに頬を染めている彼女を見つめた。

「……オークリッジ伯爵家の君の義父上《ちちうえ》から、一度君に家に戻って来て欲しいと、そう書かれた手紙を預かっているんだ。何か、思い当たる節はあるかな?」

「お義父様《とうさま》が……?」

義父の名前を聞いて、エディスには嫌な予感しかしなかった。

エディスが表情を曇らせたことに目ざとく気付いたライオネルは、彼女の髪をそっと柔らかく撫でた。

「僕も、君と一緒にオークリッジ伯爵家に行くよ。僕には、正直なところ、君があの家で真っ当な扱いを受けていたようには思えないんだ」

「……」

意表を突く鋭いライオネルの言葉にどきりとしたエディスだったけれど、ライオネルは、エディスを励ますように明るく笑った。

「もし、エディスに何か僕ができることがあるなら、僕を頼って欲しいんだ。少しでも、君の力になりたいと思っている」

「……ありがとうございます、ライオネル様」

ライオネルの言葉を心強く思いながらも、義父からの手紙はどのような目的で送られてきたものなのだろうと、エディスは胸の中に不安が広がるのを感じながら、心の中で小さく溜息を吐いていた。

第五章

1　小さな嵐

オークリッジ伯爵家の前に一台の立派な馬車が止まると、屋敷《やしき》の扉から、転がるようにしてオークリッジ伯爵が駆け出して来た。

「エディス、早く来てくれ！　……おや、あなたは……？」

馬車の扉を開けた時、エディスの隣に座っていたライオネルの顔を見て、オークリッジ伯爵は隠し切れない戸惑いをその表情に浮かべた。ライオネルは、落ち着いた様子で、エディスの義父であるオークリッジ伯爵を見つめた。

「……義娘《むすめ》の婚約者の顔が、思い出せませんか？」

「……!!　これは失礼いたしました、ライオネル様」

驚きに目を瞠《みは》ったオークリッジ伯爵は、慌てて阿《おもね》るような笑みを浮かべた。

「さ、こちらにお越しください。……エディスは、グランヴェル侯爵家で上手《うま》くやれているでしょうか？」

「エディスは、もうグランヴェル侯爵家に欠くことのできない存在ですよ。……僕の身体《からだ》がこれほど回復したのも、すべてエディスのお蔭《かげ》です」

ライオネルの言葉に、オークリッジ伯爵はさらに目を丸く見開いた。

「まさか、そんなことが……。いや、そんなはずは……」

オークリッジ伯爵は、口の中でそう独り言のように小さく呟《つぶや》くと、ライオネルとエディスを応接間に案内した。ライオネルは、少しエディスの腕を借りながらではあったけれど、自力で歩けるまでになっていた。彼の信じられないほどの回復に、オークリッジ伯爵は唖然《あぜん》としていた。

応接間のソファーにライオネルとエディスが腰掛けていると、二人を応接間に案内した後、一度部屋を出ていたオークリッジ伯爵が、エディスの義母であるオークリッジ伯爵夫人を連れて部屋に戻って来た。探るような視線でライオネルとエディスを見た彼女は、ちらりと夫を見て、ひそひそと小声で言葉を交わすと、そのまま笑みを貼り付けた顔でライオネルに尋ねた。

「まあ、随分とお身体の具合が良くなられたようで、何よりですわ」

「ええ。これもエディスが僕の側にいてくれるからこそですよ」

オークリッジ伯爵夫妻は、ライオネルの言葉に目を見交わすと、伯爵がライオネルを見つめてゆっくりと口を開いた。

「……本日、ライオネル様もいらしているので、是非ともお願いさせていただきたいのですが。……オークリッジ伯爵家に対する支援を、増額してはいただけませんでしょうか？」

「お義父様《とうさま》！」

堪《たま》らず、エディスが義父に向かって口を開いた。

「どういうことなのですか？　グランヴェル侯爵家からは、借金を帳消しにしていただいた上に、もう十分過ぎるほどの支援をいただいているはずではないですか。それを、もう支援の増額などと……」

「エディスは黙っていなさい」

義父はエディスを睨《にら》み付《つ》けると、言葉を続けた。

「それから、お前には、後で頼みたい仕事があるんだ。お前が家を出てから、いくつか問題が生じていてね」

エディスは、やっぱりそうだったのかと思いながら、義父を見て眉を顰《ひそ》めた。

「問題、ですか。……お義父様にお渡しした引き継ぎの書類は、確かに読んでいただけたのでしょうか」

「そ、それはだな……。やっていたエディス本人に直接聞いた方が、いや、本人にやってもらった方が早いだろうと思ってな……」

オークリッジ伯爵は、しどろもどろになって口を噤《つぐ》んだ。エディスの義母が、冷ややかにエディスに告げた。

「エディス。それは、育ててもらったお義父様に向かって言う言葉ですか？　恥を知りなさい。あなたが、仕事に穴を開けるような形で、中途半端に家を出て行ったのが悪いのでしょう」

エディスが義母に向かって口を開きかけた時、応接間の扉が開いて、めかしこんだ様子の義姉のダリアが入って来た。

ダリアは、前回会った時とは別人のような回復を遂げたライオネルの美しい姿を見てその瞳を見開いた後、貪欲に輝かせると、にっこりと笑った。

「まあ、ライオネル様。お父様から、ライオネル様もいらしていると聞いて、改めてご挨拶に参りましたの。それに、今さっき部屋の中から漏れてきた声を聞いていたのですが、私によいアイデアがあるのです」

エディスは、ダリアの笑顔に嫌な予感を覚えながら、彼女の言葉に耳を傾けていた。

「元々は、ライオネル様と婚約する予定だったのは、この私でしたでしょう？　……ライオネル様はご存知かわかりませんが、エディスは、半分は卑しい平民の血を引いておりますの。グランヴェル侯爵家ほどの家に嫁ぐなら、やはり私の方が相応《ふさわ》しいと思いますわ。それに……」

ダリアは、見下すようにエディスを見つめた。

「こんなに地味で、しかも、貴族としてのマナーも教養すらも身に付けていない義妹が、将来、夫人としてライオネル様の隣に立つことがあれば、ライオネル様も恥ずかしく思われることでしょう。私がライオネル様と改めて婚約して、エディスには、この家に戻って元の通り仕事を続けてもらうのが最善じゃありませんか？　今後は、ライオネル様のことは私がお支えしますから」

「……！」

ダリアの言葉に固まっていたエディスの隣で、拳をぎゅっと握り締めていたライオネルが、ゆっくりと口を開いた。

「黙って聞いていれば、勝手な言い分を次々と……」

エディスが隣を見ると、今まで見たこともないほどの怒りを滾《たぎ》らせたライオネルが、凍り付くような視線をダリアとエディスの義父母に向けていた。

「僕は、エディス以外の女性を妻にするつもりはありません。……それから、オークリッジ伯爵家の薬事業に関する仕事の話については、エディスがこの家を出る際、彼女の仕事は誰だってできると仰《おっしゃ》っていたのは、オークリッジ伯爵夫人、あなたでしたよね？」

「そ、そんなことを申し上げたでしょうか……」

次いで、動揺した夫人の横にいる伯爵に、ライオネルは視線を移した。

「エディスは、自分がこのオークリッジ伯爵家でどのように過ごして来たかについて、一度も僕に弱音を吐いたことはありませんでした。しかし、僕の見る限り、エディスはこの伯爵家で、不当な扱いを受けて来たようにしか思えないのです。……違うかい、エディス？」

口を噤んだまま、エディスが戸惑ったようにライオネルを見つめると、彼は優しくエディスの髪を撫《な》でてから口を開いた。

「君は、人が好《よ》すぎるからね。……君がグランヴェル侯爵家に持って来たあまりに小さな荷物や、質素な服、それに、思い起こせば、初めて会った時に身体に合わないドレスを着ていたことなどを考え合わせて、僕は、この家で君がどんな生活をしていたのかを、最近使用人に命じて密《ひそ》かに調べさせたんだ」

「……！　ライオネル様、いつの間に……」

自らの身体の回復で精一杯だったはずのライオネルを、エディスは驚いて見つめた。ライオネルは、穏やかに彼女に微笑《ほほえ》んだ。

「君のお蔭で、僕にも、自分以外のことを考える余裕が次第にできてきていたんだよ。……使用人からの報告によると、エディスは、祖父である前オークリッジ伯爵の意向により、貴伯爵家に養子縁組をして迎え入れられたにもかかわらず、前伯爵の死後は、離れにある小さな部屋に閉じ込められるようにして、使用人同様の食事や衣服を与えられ、とても伯爵家の令嬢に相応しい生活をしているとは言えなかったとか。特に、義理の家族であるあなたたちのエディスに対する態度は、酷《ひど》く冷たいものだったそうですね」

憤りを言葉に滲《にじ》ませたライオネルに冷ややかな視線を向けられて、オークリッジ伯爵夫妻とダリアは、青ざめて黙りこくっていた。

「しかも、オークリッジ伯爵家の家業のためにこれほど尽くしていたエディスの貢献にも気付かずにいたなんて。あなたたちがエディスをどれだけ蔑《ないがし》ろにしていたのかが、よくわかります。……それに、そちらのご令嬢とは比べ物にならないほど、全ての面においてエディスは魅力的ですよ」

「……っ！」

ダリアは悔しげに顔を歪《ゆが》めて唇を噛《か》んだ。ライオネルは、淡々と言葉を続けた。

「……ただ、僕は一つだけあなた方に感謝していることがあります。それは、僕がこのオークリッジ伯爵家を訪れた時、エディスを僕の婚約者に推してくれたことです。……その点に鑑みて、最後に一度だけ、貴伯爵家への支援を父に打診しておきます。その代わり、今後は決して、エディスを貴伯爵家の揉《も》め事《ごと》に巻き込んで、彼女を困らせることのないようにしてくださいよろしいですね？」

オークリッジ伯爵は、慌てたようにエディスを見つめた。

「なあ、エディス。お前は、この家の義娘だろう？　……平民の血を引いているにもかかわらず、この家に迎え入れてやったのに、こんな形で家を出て、私たちと縁を切るようなことになっても本当にいいのか？」

（……私をこの家から追い出そうとしたのは、元々、お義父様やお義母様《かあさま》、それにお義姉様《ねえさま》だったのに）

父が生まれ、そして自分を引き取った祖父のいたオークリッジ伯爵家を、家を出るまでは必死に支えて来たエディスだったけれど、彼女の心はもう決まっていた。エディスは、義父に向かって静かに口を開いた。

「はい。私がいたいと思う場所は、ライオネル様のお側《そば》以外にありませんから。……元々、お祖父《じい》様《さま》のご意向による養子縁組でしたし、もう私との養子縁組は解消してくださって構いません。今まで、お世話になりました」

丁寧に頭を下げたエディスは、再度顔を上げると、義父の瞳を見つめた。

「このオークリッジ伯爵家を立て直すために必要なことは、まず、収入の範囲で生活するという当たり前のことを習慣にすることだと思います。それから、薬事業のことに関しては、どうか、私が残した引き継ぎ用の書類に目を通してくださいませ。大切なことは、一通りそこに記載してありますから。……そして、できれば使用人も家族のように大切になさってください。そうすれば、皆、

オークリッジ伯爵家の力になってくれると思います」

「ま、待て。エディス……！」

ライオネルは、エディスをオークリッジ伯爵から庇《かば》うように、伯爵とエディスとの間に身体を滑らせながら、エディスの手を借りてソファーから立ち上がった。

「僕たちからの話は以上です。これで失礼します」

オークリッジ伯爵家の玄関に向かいながら、エディスは、もうこの家に足を踏み入れることはないかもしれないと、ローラの姿を捜してきょろきょろと辺りを見回していた。その時、ぱたぱたと軽い足音がエディスの耳に聞こえてきた。

2　幸せを願って

「エディス様！」

急ぎ足で駆けて来たローラに、エディスは嬉《うれ》しそうな笑みを浮かべた。

「ローラ、よかった！　ちょうど、あなたに会えたらと思って、あなたを捜していたところだったの」

「私も、エディス様がいらしていると聞いて、急いで飛んで参りました。お元気そうで何よりです」

ローラは、エディスの隣に立つ、健康を取り戻しつつあるライオネルの姿を見て、ぱっと顔を輝かせると、彼に向かって深く頭を下げた。

「ライオネル様、エディス様のこと、どうぞよろしくお願いいたします。お嬢様は思いやり深く、本当に素晴らしい方ですから」

ライオネルは、ローラの言葉に温かな笑みを浮かべた。

「ああ、よく知っているよ。僕がこんなに回復したのも、エディスが側にいてくれたからこそだからね」

「まあ、やはりそうでしたか。……エディス様は、私の祖母を助けてくださった恩人でもあるのです。エディス様ならきっと、奇跡を起こせると信じておりましたが……よかった……」

瞳を潤ませたローラに、エディスは尋ねた。

「ローラ、あなたも元気にしていたかしら？」

「はい。……エディス様がグランヴェル侯爵家にいらしてから、このオークリッジ伯爵家の中は、家業のことで大きく混乱していましたし、私も、エディス様がいらっしゃらなくなってから寂しく思ってはおりましたが、どうにか元気にやっております。……実は私、従兄《いとこ》との結婚が決まりまして、もうじき実家に帰る予定なのです」

「まあ！　それはおめでとう、ローラ」

エディスは、顔中に明るい笑みを浮かべた。恥ずかしげに頬を紅潮させたローラは、エディスを見つめた。

「この家を辞す前に、最後に直接エディス様にお会いできたらと思っておりましたので、今日は久し振りにお目にかかれて嬉しく思いました」

「私もよ、ローラ。どうぞ、末永くお幸せにね」

「ありがとうございます。私も、エディス様とライオネル様の幸せをお祈りしておりますね」

心が温まるのを感じながら、エディスはローラに手を振って別れた。オークリッジ伯爵家からの去り際に、玄関を潜ったエディスは屋敷を見上げながら思っていた。

（……もう、この家に思い残すことはないわ）

「さあ、行こうか。エディス」

「はい、ライオネル様。先程は、私を庇い、守ってくださってありがとうございました」

「お安い御用さ、エディス。君が僕にしてくれていることに比べたら、たいしたことではないよ」

ライオネルとエディスは、待っていたグランヴェル侯爵家の馬車に乗り込むと、オークリッジ伯爵家を後にした。

＊＊＊

帰りの馬車に揺られる中、ライオネルはエディスと寄り添いながら、懐かしげにその瞳を細めた。

「覚えているかい、エディス。……前回オークリッジ伯爵家に僕が来た時は、帰りの馬車で揺られているだけでも、身体がばらばらになりそうなくらいに辛《つら》かったんだ。君はすぐに僕の体調の異変に気付いて、僕の身体を気遣ってくれたたね」

「……あの時は、無理してまで私を家まで迎えに来てくださったのですもの。心配いたしましたが、お気持ちを嬉しく思っていましたわ」

「それが、今では僕の身体はこの通りだ。まだ生活に多少の不自由があるとはいえ、あの時と比べたら雲泥の差だ。……さっき、君に挨拶に来ていたローラ嬢も言っていた通り、君は、僕の人生に奇跡を起こしてくれた。初めて君に会った時は、一年だけの婚約という契約だと考えてくれて構わないと言ったが……僕は、あと何年も、できることなら何十年も、君と生きていけたらと願っている」

ライオネルは、両目に熱を宿して、エディスの瞳をじっと覗《のぞ》き込《こ》んだ。

「オークリッジ伯爵夫妻や君の義姉上《あねうえ》にも告げた通り、僕は、生涯を共にするなら君以外には考えられない。まだ、こんな万全ではない身体の僕とでは、不安を感じるかもしれないが……改めて、君に伝えたいんだ。このまま僕との婚約を続けてくれないか？」

「ライオネル様……」

エディスは、瞳に涙が滲むのを感じながら、真剣な眼差《まなざ》しのライオネルを見つめ返した。ライオネルは言葉を続けた。

「もちろん、僕との結婚は、僕の身体がもっと回復して、君の不安がなくなってからで構わない。でも、はじめに君に会い、僕が余命一年と宣告されていた時に約束したように、このまま一年が経《た》った時、もし君が僕の元を去って行ってしまったらと思うと……気が気ではなくてね」

多少の緊張を滲ませたライオネルに向かって、エディスは微笑み掛けた。

「ライオネル様のお言葉を、私がどれほど嬉しく思っているか、どのようにお伝えしたらよいのでしょう。私、ライオネル様のことが本当に大好きなのです。私も、お側にいたいと思うのはライオネル様だけですもの。……けれど、私が不安に思っているのは、別のことで……」

エディスは、義姉のダリアの言葉を思い出しながら目を伏せた。

「ライオネル様の病は、このまま必ず完治されると信じておりますわ。……けれど、はじめにお伝えした通り、私は平民暮らしが長く、貴族としての、ましてや侯爵家に相応しいようなマナーも教養もございません。平凡な私とは違い、お美しい上に、貴族教育をしっかりと受けて来た多くのご令嬢たちも、お元気になられたライオネル様の元に集まってくることでしょう。それなのに、私が将来、ライオネル様の足を引っ張るようなことになってしまったらと思うと……」

ライオネルは、エディスの柔らかな手をそっと握った。

「君のことは、僕が必ず守るよ。それに、貴族としてのマナーや教養などよりも、人間として大切なものがある。エディス、君にはそれがあるんだ。深い優しさや思いやり、そして強くて清らかな心が。君のように美しい心を持った女性は、ほかにいないよ」

視線を上げてライオネルを見つめたエディスに、彼は続けた。

「僕は、ほかの誰でもない君としか、この人生を共に歩みたいとは思えないんだ。……昔、まだ病を患う前からも、多くの令嬢たちを見ては来たし、ユージェニーとの婚約の話も上がってはいたが、その誰にも、一人の女性として心が動かされることはなかった。胸が締め付けられるほど愛《いと》しく思い、ずっと一緒にいたいと感じたのは、間違いなく君が初めてだ」

エディスに腕を回して軽く抱き寄せながら、ライオネルは微笑んだ。

「エディス、僕には生涯、君だけだ。これは僕の我儘《わがまま》だとわかってはいるが、もし君の気持ちが僕にあるのなら、僕の言葉に頷《うなず》いてもらえたらと思うよ」

見惚《みほ》れるほど美しいライオネルの腕の中に抱き寄せられて、明らかに胸が熱く跳ねるのを感じながら、エディスは降参してライオネルを見上げた。

「ライオネル様。本当に、あなたの隣に立つのが、これからも私でよいのなら……喜んで」

「嬉しいよ、エディス」

ライオネルは歓喜の表情を浮かべると、軽く染まったエディスの頬に優しく口付けた。みるみるうちに、エディスの頬が熱を帯びて、さらに赤く染まった。

「それから、一つ、君に伝えておきたいことがあるんだ。……僕は長男ではあるが、あれだけの病を患い、今も回復途上にある状況で、グランヴェル侯爵家を継ぐことになるかはわからない。弟のクレイグと僕のどちらが家を継ぐかは、父の一存に任せることになるだろう。それでも構わないかい？」

「もちろんですわ。ライオネル様がグランヴェル侯爵家を継ぐのかどうかは、私にとっては問題ではありません。ただライオネル様のお側にいられたら、私はそれだけで幸せですから」

「ありがとう、エディス。大切にするよ」

ライオネルは、さらに腕に力を込めてエディスを抱き締めた。青年らしく逞《たくま》しくなってきた、ライオネルの腕の力強さに驚きながら、エディスは幸せに胸が満たされるのを感じて、そっとライオネルの腕に身体を預けた。

3　突然の訪問者

グランヴェル侯爵家の呼び鈴が鳴り、使用人が慌ててグランヴェル侯爵を呼びにやって来た。

「スペンサー侯爵夫妻がお見えです。ユージェニー様もご一緒です」

グランヴェル侯爵は、突然のスペンサー侯爵たちの訪問に、不思議そうに首を傾《かし》げた。

「どのような用件なのだろうな。特に約束はしていなかったはずだが……。ユージェニー様も来ているなら、クレイグも呼んでおいてくれ」

「はい、承知いたしました」

応接間に通されたスペンサー侯爵は、ソファーの上で鷹揚《おうよう》な笑みを浮かべながら、グランヴェル侯爵に向かって、手土産《てみやげ》に持参していたワインを手渡した。

「いや、急にすみませんね、グランヴェル侯爵。……ちょうどこちらの近くに立ち寄る予定がありましたので、土産だけでもお渡しできればと思いましてね」

「そうでしたか、ご丁寧にありがとうございます。おや、これはアルザーン地方の名産のワインですね。別荘にいらしていたのですか？」

受け取ったワインが、両家の別荘がある避暑地であるアルザーン地方産のものであると、ワインボトルを回してラベルを確認したグランヴェル侯爵の言葉に、スペンサー侯爵は頷いた。

「ええ。暑い日が続いていたので、数日前まで、しばらく家族で避暑に行っていたのですよ」

（ちょうど、ライオネルたちもその頃、別荘に行っていたはずだな……）

グランヴェル侯爵は内心でそう思いを巡らせながら、何気ない様子でスペンサー侯爵に尋ねた。

「それは羨ましいですね。よい休日を過ごされましたか？」

「はい、ゆったり過ごせましたよ。……おや、クレイグ様もいらっしゃいましたね」

応接間のドアをノックして、ちょうどクレイグが部屋に入って来た。

「こんにちは、スペンサー侯爵。……ユージェニーも、元気かい？」

「ええ、クレイグ様」

そう答えたユージェニーの顔がどこか曇っていることを、クレイグは敏感に察知した。ユージェニーはその後、黙ったままで俯《うつむ》いていた。

集った面々を見渡してから、スペンサー侯爵はゆっくりと口を開いた。

「別荘では、偶然、ライオネル様とその婚約者のご令嬢、それにアーチェ様が庭に出ていらっしゃるところを見掛けましてね。……ライオネル様は、車椅子から立ち上がって、幾度も歩く訓練をしていらっしゃるようでした」

グランヴェル侯爵は、スペンサー侯爵の言葉に嬉しそうに顔を綻ばせた。

「ええ、そうなのですよ。別荘で、ライオネルはかなり歩行の練習をしたようでしてね。久し振りに車椅子から両足で立ち、青白かった肌も日に焼けて、足腰もかなりしっかりして、さらに健康になって帰って来ましたよ。彼のことをつきっきりで支えてくれている婚約者のエディスには、感謝してもしきれません」

スペンサー侯爵は、笑みを顔に浮かべたままで鋭く目を細めた。

「そうですか、それは喜ばしいことですな。……実は、そのことについて、確認しておきたいことがあるのですが」

訪問の本題に入ったことを感じながら、グランヴェル侯爵は両手を膝の上で組んだ。

「ほう、何でしょうか？」

「ライオネル様は、少しずつ回復が見られる様子とはいえ、生死に関わる重い病を患って、いまだ療養中の身。グランヴェル侯爵家を任せるには、いささか不安が残ることでしょう。……ここにいるクレイグ様がグランヴェル侯爵家を継ぐのだろうという理解でおりますが、その理解で正しいでしょうか？」

「お父様！　どうして、そんなことを……」

動揺に瞳を揺らすユージェニーを片手で制すると、スペンサー侯爵はグランヴェル侯爵を見つめた。グランヴェル侯爵は、険しい顔つきでスペンサー侯爵に尋ねた。

「なぜ、そのようなことを私に聞くのでしょうか？　私は長男のライオネルに家を継がせるつもりでいますが」

「……何ですって？」

すうっと顔を青ざめさせたスペンサー侯爵に、グランヴェル侯爵は表情を変えずに答えた。

「長子に家を継がせるのは、当然のことでしょう。それに、ライオネルの回復には目覚ましいものがあります。私は彼に、今も昔と変わることのない期待を寄せていますが、何か問題でも？」

「……それでしたら、ユージェニーのクレイグ様との婚約も、考え直してはいただけないでしょうか。あくまで、娘の縁談は当初はライオネル様との婚姻を目的としたもので、ライオネル様が身体を悪くされ、家を継ぐのが難しくなったからこそ、ユージェニーはクレイグ様と……」

「お父様！　待ってください!!」

悲鳴混じりのユージェニーの声が、応接間から廊下に響いた。

「あら？　あれは、ユージェニー様の声かしら……？」

庭に出ようとライオネルの車椅子を押していたエディスは、ユージェニーの声に気付いて足を止めた。ライオネルと、その横にちょこちょことついてきていたアーチェは、エディスと顔を見合わせた。

「そのようだな。何の話だろうか？」

穏やかではない雰囲気を感じて、ライオネルは首を傾げた。不審そうに眉を寄せたアーチェも一緒に、三人は思わずその場で立ち止まると、応接間から漏れてくる声に、聞くともなく耳を傾けていた。

必死に父に向かって訴えるユージェニーの声が、応接間に響いた。

「私……私は！　クレイグ様を心からお慕いしているのです。クレイグ様がグランヴェル侯爵家を継ぐか継がないかにかかわらず、私はクレイグ様と一緒になりたいのです。それに、ライオネル様には、既に婚約者のエディス様がいらっしゃいますわ。エディス様こそ、グランヴェル侯爵家やライオネル様をお支えするのに相応しい、素晴らしい方です。それなのに、お父様は、どうしてそのようなことを……」

「……お前に口出しする権利はない、ユージェニー。これは、家と家との問題だ」

初めて口答えをした娘に驚きながらも、スペンサー侯爵は冷たく娘をいなした。それでも、ユージェニーは父に向かって縋《すが》り付《つ》きながら、瞳に浮かぶ涙を堪えて続けた。

「お父様が今日、グランヴェル侯爵家にお土産を渡しに行くと仰った時、お父様が理由もなしにこちらを訪問するはずがないと、どこか不安に思っておりましたが。まさかこんなお話だなんて……」

「いい加減にしないか、ユージェニー！」

苛《いら》立《だ》って声を荒らげた父を見つめて、ユージェニーの頬をすうっと一筋の涙が伝った。

「お父様がクレイグ様と一緒になることを認めてくださらないなら、いっそ親子の縁を切ってくださっても構いません。何があっても、私はクレイグ様と添い遂げたいのです。こんなに至らない私をいつも庇い、守ってくださるクレイグ様と……」

「……何だと？　育ててやった恩も忘れて……」

顔を顰《しか》めながらも、スペンサー侯爵も流石《さすが》に娘の言葉に怯《ひる》んでいる様子だった。クレイグは、薄《うっす》らと瞳に涙を浮かべながら呟いた。

「ユージェニー。君は、それほどまでに俺のことを……」

クレイグは、ユージェニーが長い間両親に逆らえずにいたことをよく知っていた。それだけに、スペンサー侯爵が口にした言葉は、ユージェニーを愛しているクレイグの背筋を凍らせるのに十分だった。

そんな父に対して歯向かったユージェニーの言葉が、いかにユージェニーにとって勇気と覚悟が必要なもので、クレイグに対する愛情がどれほど大きいものなのかということが、クレイグには痛いほどに感じられたのだった。

ユージェニーたちのやり取りを見守っていたグランヴェル侯爵は、静かに口を開いた。

「私は、息子の幸せと家業の利を天秤《てんびん》に掛けるなら、迷うことなく息子の幸せを選びます。……ユージェニー様がこれほどにクレイグを想《おも》ってくださっているのは、クレイグにとっても私にとっても喜ばしいことですから、現状通り、クレイグの将来の夫人としてなら、喜んでユージェニー様を迎えましょう。……けれど、グランヴェル侯爵家の家督はライオネルが継ぎます。それが受け入れられないのであれば、どうぞこのままお引き取りを」

「……」

苦虫を噛み潰したような顔をしたスペンサー侯爵は、同じく悔しげな表情をした夫人と顔を見合わせると、娘に視線を移した。

強い決意を込めた眼差しをして、決して折れる様子のない娘を見て、スペンサー侯爵は首を小さく横に振った。

「こんな娘に育てたつもりは、なかったのだがな」

ソファーから立ち上がったスペンサー侯爵夫妻は、ユージェニーに背を向けて、そのまま応接間の扉を潜った。

彼らは、応接間の前をライオネルたちが通り掛かっていた様子に気付くと、気まずそうに目を逸《そ》らして歩き去った。

ライオネルは、応接間から聞こえて来たユージェニーの声を聞いて、感慨深げな呟きを漏らしていた。

「……ユージェニーは、クレイグを利用しようとしていたのではなく、本当にクレイグのことを愛していたのだな」

漏れ聞こえて来る声に、静かにじっと耳を澄ましている様子だったアーチェも、ぱちぱちと目を瞬きながらも、その表情を少し柔らげていた。

エディスは、そんな二人の姿を見つめて微笑んだ。

(ユージェニー様の一途《いちず》なお気持ちは、ライオネル様にもアーチェ様にも届いたように見えるわ……)

まだしばらく時間がかかるかもしれないとは思いながらも、今までの彼らの冷えた関係を解消していく糸口が確かに見付かったような気がして、エディスの胸はふわりと温まったのだった。

4 ライオネルの想い

「エディス」

ライオネルの薬の調合をしていたエディスを、ライオネルは彼女の背後からそっと抱き締めた。

「きゃっ、ライオネル様……⁉」

突然温かな腕に抱き締められて、驚いたエディスが振り向くと、ライオネルは目を瞠るほどに美しい笑みを浮かべながら、エディスを愛しげに見つめていた。エディスの頬は、途端に真っ赤に染まった。

まだエディスの薬を毎日飲んではいるものの、ライオネルは、今ではほとんど以前と変わらない生活が送れるまでに回復していた。輝くばかりの美しさを取り戻し、まるで本の中から飛び出して来た王子さながらの姿になったライオネルは、さらに日を追うごとにエディスへの愛情も深めているようで、エディス自身も戸惑うほどに、彼の溢《あふ》れんばかりの温かな愛に包まれていることを感じるのだった。

漆黒の艶《あで》やかな前髪の間から覗く、タンザナイトのような澄んだ青紫色の瞳がエディスの手元に視線を移すと、ライオネルは、ふっと柔らかな笑みをその整った口元に浮かべた。

「ねえ、エディス。僕は、君が僕の薬を煎《せん》じたり、調合してくれたりしている姿を見るのが好きなんだ。君の真剣な瞳が、僕の回復を願ってくれていることが伝わってくる。それにね……」

ライオネルは、美しいものを眺めるように目を細めた。

「君が薬を作る時、淡い光が君の手元を舞っているのが時々見えるんだ。……薬を作るガラスの容器が光を弾《はじ》いているのを、僕がそう錯覚しているだけかもしれないが、それがとても綺麗《きれい》で、幻想的でね。まるで、君が薬に魔法を掛けてくれているようで……」

「あら、そうでしたか？　……ふふ。私は気付いてはおりませんでしたが、ライオネル様の目にはそのように見えていたのですね」

「ああ。それに、同時に温かな力も感じるんだ。君は、僕を救いに来てくれた魔法の使い手なのかもしれないね。……誰より愛しい、僕のエディス」

ライオネルは、そのままエディスの髪に軽く唇を落とすと、彼女に回していた腕を解いて、優しく微笑み掛けた。

「せっかく僕の薬を作ってくれているというのに、邪魔してしまってすまなかったね。……できれば少し君の時間をもらいたいのだが、そろそろこの薬も作り終えるところだろうか?」

「ええ、ちょうどあと一混ぜすれば出来上がりです。……これでよし、っと」

薬の調合をしていた手を止めてエディスがライオネルの顔を見上げると、ライオネルはエディスの左手を取り、そのほっそりとした薬指に触れた。

「これを、君に受け取って欲しいんだ」

ライオネルから、左手の薬指にそっとはめられたものを見て、エディスはそのライラック色の瞳を大きく見開いた。

「これは……!」

エディスの薬指には、細やかな彫刻の施された金台に、煌《きら》めきの綺麗な、大きなダイヤの輝く指輪がはめられていた。

エディスが、きらきらと光を弾く、見たこともないほど美しいダイヤに思わず見惚れていると、ライオネルがその口元を綻ばせた。

「君に気に入ってもらえたなら、嬉しいのだが。これは、グランヴェル侯爵家の夫人に代々伝えられているもので、母の形見なんだ。君の指に合わせたものだよ。……君が僕を支え続けてくれたお蔭で、僕の身体はここまで回復し、とうとう人とほとんど変わらない生活が送れるまでになった。以前は車椅子に乗るだけでも一苦労で、身体を横たえている時ですら苦しかったというのに、今は車椅子どころか自分の足で、こうして立って歩くことができている。今でも、こんな奇跡が僕の身に起きたことが信じられないくらいだ」

ライオネルは、エディスの髪を柔らかく撫でてから、じっとエディスの瞳を覗き込んだ。

「僕の止まりかかっていた時間を動かして、僕に生命の息吹を吹き込んでくれたのは、エディス、君だよ。……ここまで回復して、ようやく君に改めて伝えられると思ったんだ。僕と結婚して欲しい」

「ライオネル様。……はい、喜んで！」

瞳を潤ませながらも、大きく頷いて、にっこりと笑ってライオネルの腕の中に飛び込んで来たエディスのことを、ライオネルはきつく抱き締めた。エディスは、ライオネルの力強く温かな腕と、左手薬指にはめられた指輪の存在を感じながら、ライオネルと結婚するのだという実感に、じわじわと喜びが胸に湧き上がってくるのを感じていた。

エディスが婚約者としてライオネルの側で過ごす日々も、次第に長くなってきてはいたけれど、婚約の先にある、生涯を共にすることを誓う結婚という言葉には、また違った重みが感じられていた。

「これからも、ずっとライオネル様のお側にいられると思うと……とても嬉しいです」

「ああ。これからは、僕の妻として、将来のグランヴェル侯爵夫人としても、この家を支えてほしい。とは言っても、君はそのままの君でさえいてくれれば、僕にはそれで十分なんだけれどね。……ただ、君は色々と努力してくれているみたいだね。アーチェと、そしてクレイグからも伝え聞いているよ」

「……！　ライオネル様も、ご存知だったのですね」

エディスは、ライオネルの言葉にほんのりと頬を染めた。

ライオネルがほとんど健康を取り戻し、ずっとライオネルの側についている必要がなくなったために、余裕ができた時間で、エディスは、貴族の女性に必要とされるマナーや教養といった知識を、ユージェニーとアーチェから学んでいたのだった。テーブルマナーやお辞儀の仕方に始まり、貴族の息女が通う学校で教わる学問や外国語といった内容も、エディスは少しずつ身に付け始めていた。

ライオネルは、エディスを見つめて明るい笑みを浮かべた。

「何でも、アーチェは自分がエディスの先生になるのだからと譲らずに、はじめはユージェニーに対して頬を膨らませていたのだとか」

「ふふ、アーチェ様は、小さくても立派なレディですからね。テーブルマナーは、一通りアーチェ様が私に教えてくださったのですよ。それから、学校で教わるような学問の知識は、ユージェニー様から教わっています。お二人とも、熱心で優しくて、私にとって理想的な先生なのですよ」

エディスは、ユージェニーとは、いつの間にかすっかり気の置けない友人同士になっていた。ユージェニーは、時間を縫ってよくグランヴェル侯爵家に顔を出しては、クレイグとだけではなく、エディスと過ごすことも心待ちにしている様子だった。

そして、エディスとユージェニーが楽しげに談笑したり、エディスがユージェニーから学問を教わったりしていると、アーチェも羨ましそうにしてひょっこりと顔を出すようになっていたのだった。

「そうか。……クレイグから伝え聞いたところによると、ユージェニーは、君の飲み込みの速さに目を瞠っているそうだよ。君は間違いなく才媛だと、そう絶賛していたそうだ」

「いえ、それは、ユージェニー様の教え方がよいからだと思いますが。いつも親身になって協力してくださるので、とても感謝しているのですよ」

「それは良かったね、エディス。君の人柄あってのことだと思うが、君を支える味方が増えることは、僕も嬉しく思うよ」

ライオネルの穏やかな笑顔を見て、エディスも喜ばしく思っていた。ライオネルがユージェニーの存在を少しずつ受け入れつつあることも、アーチェがユージェニーに次第に心を開いてきていることも、エディスには心底嬉しかったのだ。

ライオネルとクレイグとの会話も、エディスがグランヴェル侯爵家に来た時よりも増え、言葉を交わす二人の表情も明るいものになっていた。

エディスの内心を察したかのように、ライオネルはにっこりと笑った。

「まるで、グランヴェル侯爵家に温かな光が差して来たような気がしているよ。これも全て、君がこの家に来てくれたからこそだ。君への感謝は、一言ではとても言い表せないが……」

ライオネルは、エディスを抱き締めていた腕を解くと、そっとエディスの顎に手を添えて持ち上げた。熱の籠《こも》った、美しく輝くライオネルの青紫色の瞳が、エディスを真《ま》っ直《す》ぐに見つめた。

「心から愛しているよ、エディス」

ライオネルの柔らかな唇が、優しくエディスの唇に重ねられた。エディスは、息が止まりそうなほど胸が跳ねるのを感じながら、静かにライオネルに身を任せていた。

ようやくライオネルの唇が離れると、エディスは頬に血を上らせて、ライオネルの胸元に縋り付いた。そんなエディスの姿に、ライオネルはくすりと笑みを零《こぼ》した。

「本当に可愛《かわい》いな、君は。生涯かけて、君を幸せにすると誓うよ」

エディスも、赤く染まった顔のまま、恥ずかしそうにしながらライオネルを見上げた。

「私も、ライオネル様を一生お支えするとお約束します。大好きです、ライオネル様」

ライオネルは、再びエディスのことを愛おしそうに抱き締めた。

「僕たちの結婚式の日取りも、近いうちに考えていこうか。……君のウェディングドレス姿を想像するだけで、胸が躍るよ」

「ふふ。ライオネル様のフロックコート姿も、お美しいに違いありませんわ」

幸せそうな笑みを浮かべている二人を祝福するかのように、エディスの左手薬指の指輪にあしらわれたダイヤが、きらきらと眩《まばゆ》い光を美しく弾いていた。

第六章

1　馬車での外出

ある穏やかに晴れた日の昼下がり、エディスが調合した薬を飲み干したライオネルは、彼女に尋ねた。

「いつもありがとう、エディス。……もし君の都合がよさそうなら、この後、君の時間をしばらくもらえないかな？」

エディスは、優しい笑みを浮かべるライオネルの言葉に、微笑《ほほえ》みを返して頷《うなず》いた。

「はい、ライオネル様。何かご用事でもあるのですか？」

「ああ、君を連れて行きたい場所があるんだ。ちょうど、出掛けるにもよい日和《ひより》だしね」

温かな陽の差す窓の外を眺めて目を細めたライオネルを、エディスは嬉《うれ》しそうに見上げた。

「では、外出用の服装に着替えてまいりますね。……これから向かう場所は、どちらなのでしょうか？」

「それは、後の楽しみに取っておいて欲しい。外に馬車を用意させておくよ」

どこか楽しそうな様子のライオネルは、エディスの頭をぽんと優しい手付きで撫《な》でた。ライオネルの愛《いと》しげにエディスを見つめる視線に、エディスの頬もふわりと染まる。

（ライオネル様と、こうして二人で、当たり前のように出掛けることもできるようになったのね……）

　感慨深くそう思いながら、上品なベージュのワンピースに着替えたエディスが玄関に向かうと、ライオネルが恭《うやうや》しくエディスに手を差し出した。エディスが、少しはにかみながらその手を取る。二人が馬車に乗り込み、がたごとと馬車が動き出すと、ライオネルはエディスの手を柔らかく握ったまま、じっと彼女の顔を見つめた。

「君はいつでも僕のことを一番に考えてくれて、君自身のことは後回しにしていたように思う。僕は今まで君の好意に甘えてばかりだったから、今日は少しでも君に喜んでもらえたら嬉しいよ」

　エディスは、ライオネルを見つめ返すとその瞳を瞬《まばた》いた。

「私は、ライオネル様に色々としていただいてばかりですよ？　今日のこのワンピースも、グランヴェル侯爵家に来てからライオネル様に誂《あつら》えていただいたものですし、この美しいダイヤの指輪も、ライオネル様にいただいたばかりですし」

　エディスは、ほっそりとした左手薬指できらきらと光を弾いているダイヤを嬉しそうに眺めた。ライオネルは、そんなエディスの身体《からだ》をそっと抱き締めた。

「エディス、君は欲がないね。その指輪だって、ある意味当然に君に継がれるべきものなのだから、他にもっと贅沢《ぜいたく》をしたって構わないのに、君から新しい服や宝石を欲しがることは、今までに一度としてなかったね」

身体に回されたライオネルの優しい腕に、エディスはかあっと頬に血が上るのを感じながら口を開いた。

「……ライオネル様のお側《そば》にいられることが、私にとって一番の幸せですから。だから、私は毎日ライオネル様と過ごすことができて、とても幸せです」

「ああ、もう。何て愛らしいことを言うんだ、君は……」

エディスの言葉にライオネルも頬を染めると、堪《たま》らずに、彼女を抱き締める腕にさらにぎゅっと力を込めた。

「僕は幸せ者だな」

呟《つぶや》くようにそう言ったライオネルは、腕を解いてからエディスの頬にキスを落とした。

(こんなにライオネル様に甘やかされてしまって、いいのかしら)

さらに熱を帯びた頬を思わず押さえたエディスを見つめて、ライオネルはくすりと笑った。

「君の魅力的な表情の一つ一つを、すべて肖像画にして取っておきたいくらいだ。僕も、君が側にいてくれさえすれば、他には何もいらないよ、エディス」

エディスはライオネルを見上げて微笑んでから、恥ずかしそうに窓の外へと視線を移した。まるで彫刻のように整った顔立ちをしたライオネルのあまりの美しさに、エディスは、彼を至近距離から見つめることに、未《いま》だに慣れずにいたのだった。

過ぎ去って行く街並みを時折眺めながら、エディスがライオネルと他愛もない会話を楽しんでいるうちに、馬車は次第に速度を落とし始め、その後ゆっくりと止まった。

「おや、もう着いたようだ。君と一緒にいると、いつも時間が経《た》つのがあっという間に感じるよ」

「ふふ、私もです。あら、ここは……」

ライオネルの手を借りながら馬車から降りたエディスは、多くの人々で賑《にぎ》わう周囲を見回した。

華やかに着飾った人々が行き交うその場所は、王都の中でも高級店と言われる店舗が立ち並ぶ通りだった。

国中に名を知られた宝飾品や服飾品の店をはじめ、国外から輸入された珍しい野菜や果実を扱う店や、年代物の稀少《きしょう》な酒類を扱う店など、立派な店構えをした建物が、その通りには整然と立ち並んでいた。

（うわあっ。私が平民だった頃には、絶対に縁のなかった場所だわ。まるで物語の中に出て来るような、煌《きら》びやかな通りね……）

エディスが今までに王都に足を踏み入れたことといえば、幼少時に両親に連れられて、比較的庶民的な店がひしめく一角を訪れたことを除けば、ユージェニーにお茶に誘われて来た時くらいのものだった。

エディスがライオネルと降り立った通りは、ユージェニーと待ち合わせたティールームからも遠くない場所にあったものの、エディスが訪れるのは初めてだった。少し気後《きおく》れしている様子はあるものの、楽しそうに瞳を輝かせているエディスの腕を取ったライオネルは、彼女ににっこりと笑い掛けた。

「君を連れて行きたい店が、この近くにあるんだ。でも、せっかくだから、少しこの辺りを一緒に散策しようか」

「はい！　王都の中でも、とびきりお洒落《しゃれ》な通りですね」

エディスは、美しく飾られた店頭のウインドウをライオネルと一緒に眺めながら歩くだけでも、心がうきうきと弾むのを感じていた。

ライオネルは、そんなエディスの姿に目を細めた。

「何か、欲しいものはないかい？　君が気に入るものがあれば、何でも遠慮なく言って欲しい」

「いえ、私には過ぎたものばかりで。それよりも、ライオネル様と一緒にこうしてお店を見ながら歩けること自体が、とても楽しいです。……あの、ライオネル様」

道行く人々がちらほらと、ライオネルの美麗な容姿に目を奪われて振り返っている様子に気付いたエディスは、彼を見上げて小さく囁《ささや》いた。

「さっきから、すれ違った幾人もの方々が、ライオネル様のお美しい姿に見惚《みほ》れていらっしゃいましたよ」

初めて出会った頃のライオネルとは比べようもない程に回復し、彼がすっかり自らの足で歩けるようになり、そして元の端整な姿を取り戻したことをエディスが実感していると、ライオネルもふっと笑みを零《こぼ》して、彼女に顔を寄せて囁いた。

「それは、皆、可愛《かわい》いエディスのことを見ていたんじゃないかな。……もし仮に僕が見られていたのだとしても、僕の目に映っているのは君だけだからね」

彼の隣を歩くエディスに、羨ましそうな視線をすれ違いざまにちらちらと投げて来る令嬢たちもいたけれど、ライオネルの熱の籠《こも》った視線の先にいるのは、彼の言葉の通り、確かにエディスただ一人だけだった。エディスを宝物のように大切に扱うライオネルの姿に、彼女の頬は再度ふわりと熱を帯びた。

「それに、僕がここまで健康を取り戻すことができたのも、エディス、すべて君のお蔭《かげ》なのだから。……ほら、向こうに、僕たちの目指す店が見えて来たよ」

ライオネルの言葉にエディスが視線を上げると、小ぢんまりとしながらも品のある、歴史を感じさせる佇《たたず》まいをした店が彼女の視界の端に入った。

2　プレゼント

ウインドウの中が覗《のぞ》ける距離まで来たエディスは、はっと小さく息を呑《の》んだ。

「ライオネル様が仰《おっしゃ》っていたのは、このお店でしょうか？」

「そうだよ、エディス」

エディスの視界には、美しい輝きを放つ宝石があしらわれた宝飾品が、いくつもウインドウに並ぶ様子が映っていた。その輝きを遠目に眺めるだけでも、エディスは感嘆の溜息《ためいき》が出そうだった。

店の佇《たたず》まいに戸惑うエディスとは対照的に、ライオネルは事もなげにエディスの手を引くと、店の中へと入っていった。

ライオネルとエディスを迎えに出て来た老齢の宝石店の店主は、ライオネルの顔を見るとにこやかに笑った。

「お待ちしておりました、ライオネル様。ご注文の品、出来上がっております」

「ああ、ありがとう」

(『ご注文の品』……?)

老店主の言葉を耳にして、驚いた表情でライオネルを見上げたエディスに、ライオネルは優しく微笑んだ。

「君に、改めてプレゼントがしたいと思ってね。君に好きなものを選んでもらおうかとも思ったのだが、君はいつも遠慮深いからね。もちろん、気に入ったものがあれば、幾らでもこの店で選んでもらいたいのだが、奥ゆかしい君にも確実に受け取ってもらえるように、僕が事前に注文しておいたんだ」

エディスは目を瞠《みは》ると、タンザナイトのような美しい青紫色をしたライオネルの瞳を見つめた。

「私のために、ですか?」

「ああ。気に入ってもらえたら嬉しいのだが」

宝石店の老店主は、ライオネルの視線に小さく頷くと、カウンターの奥に下がってから、店の奥から一つの茶色い革張りの箱を手にして戻って来た。エディスに椅子を勧めた老店主は、彼女の目の前で、その箱をそっと開いた。

「……!!」

エディスの目に飛び込んで来たのは、彼女のライラック色の瞳にもよく似た、少し青みを帯びた明るい桃色の宝石が輝くネックレスとイヤリングが、頭上のシャンデリアの灯《あか》りをきらきらと弾いている様子だった。

「とっても、素敵ですね……！」

エディスは、目の前の美しいネックレスとイヤリングをうっとりと見つめると、ほうっと息を吐いた。

ネックレスの華奢《きゃしゃ》な金鎖の先では、輝きの強いメレダイヤで囲まれた、クッションカットの桃色の宝石が煌めいていた。さらに、金のイヤリングには、ネックレスにあしらわれているのと同色の、繊細な装飾が施されたドロップカットの宝石が二つ、こちらもメレダイヤに彩られながら美しく輝いていた。

「優しい色合いをした、綺麗《きれい》な宝石ですね。これは何という宝石なのですか？」

エディスの言葉に、老店主はにっこりと口を開いた。

「これは、モルガナイトという宝石です。ライオネル様が当店にいらした時、エディス様の温かなライラック色の瞳に合う宝石をお探しとのことでしたので、お薦めしたものです」

老店主は、エディスの前に並べられたモルガナイトのネックレスとイヤリング、そしてエディスのライラック色の瞳を交互に見つめると、その瞳を細めた。

「少し青みを帯びたこのモルガナイトをご覧になって、エディス様の瞳の色合いに重なるということで、ライオネル様はこちらの宝石を選ばれて、ネックレスとイヤリングをご注文なさったのですよ。それに、愛情、清純といったこの宝石の石言葉が、エディス様のイメージにぴったりだと仰っていました」

エディスは、感謝を込めてライオネルを見つめた。

「こんなに美しいネックレスとイヤリングを私に誂えてくださっていたなんて、本当にありがとうございます」

ライオネルは、嬉しそうに頬を上気させているエディスの様子に口元を綻ばせると、エディスの耳元で尋ねた。

「君の首と耳に、着けてみてもいいかな？」

「はい、ありがとうございます」

はにかみながら微笑んで頷いたエディスに、ライオネルはモルガナイトのネックレスとイヤリングを丁寧な手付きで着けた。エディスの胸元と耳元で、まるで彼女の元に辿《たど》り着《つ》いたことを喜んでいるかのように、モルガナイトは生き生きと優美な桃色の輝きを放っていた。ライオネルは、エディスの姿を見て瞳を細めた。

「とてもよく君に似合っているよ、気に入ってもらえたなら何よりだ。君の美しい瞳に合う、そして日々の生活の中で気兼ねなく身に着けてもらえるようなジュエリーを、日頃のお礼を兼ねて贈りたいと思ってね」

エディスは、モルガナイトが煌めくネックレスとイヤリングにそっと触れた。

「素晴らしいプレゼントをありがとうございます。ずっと大切にしますね、ライオネル様」

「そう言ってもらえると、僕の方こそ嬉しいよ。……せっかく一緒にこの店に来たのだし、他に欲しいジュエリーはないかな？　モルガナイトは優しい色合いを重視して選んだのだが、特別に高価な貴石という訳ではないんだ。ここに並んでいるダイヤやルビー、サファイアにエメラルド、真珠にオパール……そういった宝石があしらわれたジュエリーの中からも、君の目に留まったものがあったなら、是非教えて欲しい」

エディスは満ち足りた表情で首を横に振った。

「……これ以上のものは、とても考えられませんわ。宝石の色や輝きの美しさももちろん魅力的なのですが、ライオネル様が私のことを考えて選んでくださったということ自体が、心の底から嬉しいのです」

ライオネルに手を取られて椅子から立ち上がったエディスに、彼は柔らかく微笑んだ。上品なネックレスとイヤリングへの礼を述べて店を去っていく二人の背中を、老店主は穏やかな笑顔で見送っていた。

店を出たライオネルは、贈られたばかりのネックレスとイヤリングを身に着けて瞳を輝かせているエディスを真っ直《ます》ぐに見つめた。

「君が身に着けている宝石以上に、君のその瞳の方がずっと美しいのは間違いないけれどね。君の瞳が様々な色を浮かべて輝く様子を、これからも僕にすぐ隣で見守らせて欲しい」

エディスは、花咲くような笑みをふわりと浮かべてライオネルを見上げた。

「ふふ、こちらこそよろしくお願いします、ライオネル様。……私、ライオネル様にはいただいてばかりですね」

「そんなことはないよ、エディス。僕が君に今までしてもらってきたことに比べたら、今日のプレゼントなんて、些細《ささい》なものに過ぎないからね。ただ、どうしても、僕の気持ちを君に受け取って欲しかったんだ」

宝石店を出たライオネルとエディスは、今度は先程通った場所から一本隣に入った通りを歩きながら、馬車を待たせている場所へと向かっていた。ライオネルとしっかりと腕を組んで歩いていたエディスは、楽しそうに辺りを見回した。

「こちらの通りも、趣のある素敵なお店ばかりが並んでいますね」

「そうだね。せっかくだから、この辺りも君と歩けたらと思ってね。ここも古くから続く店が並ぶ通りで、名店も多いんだよ」

「そうなのですね。それぞれのお店の洗練されたウインドウを覗くだけでも、ライオネル様の仰っていることがわかるような気がします。……あら、あれは……」

エディスは、とある店のウインドウに思わず目を奪われていた。そのウインドウには、美しいウエディングドレスが飾られていたのだった。その艶《つや》やかな白いシルク地は、一見しただけでその質の良さが感じられ、繊細なレースを用いたクラシカルなデザインにも品の良さが漂っていた。エディスの視線に気付いたライオネルは、エディスに微笑み掛けた。

「君は目が高いね。この店は、王都でも一番の仕立屋と言われているんだよ。この店のウェディングドレスは、清楚《せいそ》な君によく似合いそうだ。寄って行こうか？」

「い、いいえ！」

エディスは慌てて首を横に振った。

「まだ、私たちの結婚式の日取りもこれから決めるところですし、結婚式の日程が決まってからで十分です。それに、今日はこんなに素敵なネックレスとイヤリングをいただいたばかりで、美しいものをこれ以上見ても、私は目が回ってしまいそうなので。……こうして、ウインドウから覗くくらいがちょうどよいのです」

ライオネルはくすりと笑うと、恐縮したように頬を染め、恥ずかしそうに俯《うつむ》いたエディスの頭を撫でた。

「君は謙虚だからね。……でも、君がそう言うのならわかったよ。ウェディングドレスのことは、また改めて考えようか」

軽い足取りで通りに並ぶ店を眺めつつ、二人は談笑しながら馬車の元へと辿り着いた。

グランヴェル侯爵家へと向かう馬車に乗り込むエディスに手を貸しながら、ライオネルは、誠実さの滲《にじ》み出《で》るその端整な顔を嬉しそうに綻ばせていた。

(ライオネル様とずっと一緒に過ごせて、これほどに愛していただけるなんて。私、本当に幸せだわ)

帰路に就く馬車の中、エディスのことを優しく抱き締めたライオネルの胸に、エディスはそっと顔を埋《うず》めた。

その後、二人の結婚式の日取りが決まるとすぐに、ライオネルは、エディスが見惚れていたドレスが飾ってあった王都一の仕立屋に、エディスのウェディングドレスを特別に注文することになる。ライオネルは、エディスの表情を見た時から既に彼女のウェディングドレスの依頼先を決めていたのだけれど、そんなことは知る由もなかったエディスは、後日、ライオネルの心遣いに再び心を動かされることになるのだった。

3　光溢《あふ》れる日に

「わあっ！　エディスお義姉様《ねえさま》、まるでお姫様みたいですね」

ぱあっと顔を輝かせたアーチェが、純白のウェディングドレスを身に纏《まと》ったエディスの元へと嬉しそうに駆けて来た。

窓から差す陽光を浴びて、目が冴《さ》えるほどに白く輝く、ライオネルがエディスのために特別に誂えたシルク地のドレスは、色白で華奢なエディスの可憐《かれん》な美しさを引き立てていた。エディスが歩みを進める度、繊細な裾のレースがふわりと揺れる。エディスの左手薬指には、ライオネルに贈られたダイヤの指輪が美しく輝いていた。

エディスは、頬を紅潮させてエディスを見上げているアーチェの、艶々とした黒髪を優しく撫でた。

「ふふ、アーチェ様、ありがとうございます。アーチェ様こそ、とっても可愛いですよ。その薄桃色のドレスも、よくお似合いですね」

アーチェは、にっこりと嬉しそうに笑うと、後ろを振り返った。

「あ！　クレイグお兄様と、ユージェニー様もいらっしゃいましたよ」

アーチェが手を振った先では、大きな笑みを浮かべたクレイグと、感動に瞳を潤ませたユージェニーが、仲良く腕を取り合っていた。

「エディス、とても綺麗だよ。……今日のこの日を迎えられたのも、君が兄さんを支えてくれたからこそだよ。これからも、兄さんのことをよろしくね」

「ありがとうございます、クレイグ様。私の方こそ、ライオネル様のお蔭でこの幸せな日を迎えられたこと、感謝しておりますわ」

クレイグと微笑みを交わしたエディスの手を、大きな瞳いっぱいに涙を溜《た》めたユージェニーがぎゅっと握った。

「エディス様！　なんてお美しいのでしょう。ライオネル様もお元気になられて、とうとうお二人が一緒になられるなんて……。エディス様のお力と、深い愛情のなせる業《わざ》ですわね。本当におめでとうございます」

「ユージェニー様。いつも私の貴族教育にもお力添えくださって、ありがとうございます。これからも、良き友人として、そして将来の家族としても、よろしくお願いします」

温かな笑みを浮かべたエディスの言葉に、嬉しそうに、ユージェニーはクレイグを見上げてはにかんだ笑みを浮かべた。三人の様子を、アーチェもにこにことして見上げていた。

アーチェは、後ろから現れた人影に気付くと、一際大きな笑みを浮かべた。

「ライオネルお兄様!!」

ライオネルに駆け寄って抱き着いたアーチェを、ライオネルも柔らかく抱き締め返した。そして、エディスに視線を移すと、彼女を見つめて眩《まぶ》しそうに目を細めた。

「エディス。……ああ、君は天使のようだね。信じられないくらいに綺麗だよ」

「ライオネル様こそ、本当に素敵ですわ……！」

ミッドナイトブルーのフロックコートに身を包んだライオネルは、溜息が出るほど美しかった。間近で見るフロックコート姿のライオネルのあまりに美麗な姿に、エディスがほうっと息を呑んで見惚れていると、ライオネルが楽しげにくすりと笑い、彼女の手を取って軽く口付けた。

「エディス、今日は少し緊張しているのかな？」

「ええ、少しだけ。でも、アーチェ様とクレイグ様、そしてユージェニー様と話していたら、緊張も解《ほぐ》れてきましたわ」

クレイグとユージェニーが、揃《そろ》ってライオネルに笑顔を向けた。

「兄さん！　結婚おめでとう」

「ご結婚おめでとうございます、ライオネル様」

「ありがとう、クレイグ、ユージェニー。……次は、君たちの番だね」

嬉しそうに朗らかな笑みを交わす面々を見て、エディスは胸に込み上げるものがあった。以前はどこかぎこちなく冷えていた関係が、温かく溶けたように感じられたからだった。

（ああ、ようやく、こうして皆が心から笑い合えるようになったのね。よかった……）

少し離れた場所からその様子を見ていたグランヴェル侯爵は、感極まった様子で瞳に浮かんだ涙を拭ってから、ライオネルとエディスの元に歩み寄って声を掛けた。

「今日はおめでとう、ライオネル、エディス。……ライオネル、君が健康を取り戻して、このような晴れの日を迎えることができるなんて、私は……言葉にならないほど嬉しくてね」

少し言葉を詰まらせてから、グランヴェル侯爵はエディスに感謝を込めた笑みを浮かべた。

「エディス、あなたはライオネルが最も辛《つら》い時に支え、そしてこのグランヴェル侯爵家に光をもたらしてくれた。何とお礼を言ってよいか、わからないよ。本当にありがとう」

「私こそ、グランヴェル侯爵家に温かく迎え入れていただき、ありがたく思っておりますわ。それに、ライオネル様のような素晴らしい方と出会えたことは、私の人生で一番の幸運です」

ライオネルはエディスと微笑みを交わしてから、父を見つめた。

「父上。今まで、たくさんご心配をお掛けしました。それでも僕のことを変わらず信じていてくださって、ありがとうございます」

「当然だろう、大切な息子なのだからな。……さあ、皆、君たちのことを待っているよ」

父の言葉に頷くと、ライオネルは優しくエディスの腕を取りながら、窓の外に広がる澄んだ青空を見上げた。

「エディス、では行こうか。……君のご両親も、空の上から君を見守ってくれているのだろうね」

「はい。私もそんな気がしています、ライオネル様。それに、きっと、ライオネル様のお母様も」

「ああ、そうだね」

眩しい程の晴天に、エディスには、天から祝福してくれている両親の笑顔が目に浮かぶようだった。

青空に視線を向けて、感慨深げに瞳を細めたエディスの耳元で、ライオネルが囁いた。

「必ず君を幸せにするよ。僕の愛しいエディス」

ライオネルは、輝くばかりの美しい笑みを零すと、エディスの額にそっと唇を落とした。

ふわりと頬を染めたエディスは、顔いっぱいの笑みを浮かべてライオネルを見上げると、彼と腕を取り合って、希望に満ちた未来へと足を踏み出して行った。

4　二人で過ごす夜

結婚式の晩、ウェディングドレスから夜着へと着替えたエディスは、自室の窓から静かに星空を見上げていた。

頭上に広がる果てしない空を埋め尽くすように星々が淡く瞬《またた》き、細い月が夜の闇を切り取るように仄白《ほのじろ》く浮かんでいる。湯浴《ゆあ》みをしたばかりでまだ火照《ほて》っていたエディスの身体に、窓から吹き込む涼しい夜風が心地良かった。

（私、本当に、ライオネル様の妻になったのね……）

昼間の結婚式で隣に並んだライオネルの、眩しいほどに美しく晴れやかな笑顔を思い出し、エディスの胸はじんわりと喜びで満たされていた。優しく聡明《そうめい》で、常にエディスを一番大切にしてくれるライオネルは、一言では表し切れないほどに素晴らしい、エディスには理想的過ぎるほどの花婿だった。二人の結婚を心から祝福してくれたクレイグやユージェニー、アーチェ、そしてグランヴェル侯爵の笑みも、次々とエディスの脳裏に浮かぶ。しみじみと一人幸せを噛《か》み締《し》めていたエディスの耳に、ドアを軽くノックする音が響いた。

エディスがドアを開けると、そこには穏やかな笑みを湛《たた》えたライオネルの姿があった。

「エディス、入ってもいいかい？　よかったら、少し一緒に飲まないか」

ライオネルは、果実酒の入ったボトルと二つのグラスが置かれたトレイを手にしていた。エディスは、嬉しそうにライオネルに笑い掛けた。

「はい、ライオネル様。ありがとうございます」

エディスの部屋に入ったライオネルは、テーブルの上にトレイを置くと、エディスと向かい合って椅子に腰掛けた。ブルーベリーや苺《いちご》、オレンジに林檎《りんご》といった果実が沈む彩り鮮やかな赤紫色の液体を、ライオネルがエディスのグラスにゆっくりと注ぐ。果実酒の甘く芳《かぐわ》しい香りが、ふわりと部屋に漂った。

「わあ、いい香り。美味《おい》しそうですね」

にっこりと笑ったエディスは、ライオネルの視線に気付いて、そのまま頬を桃色に染めた。エディスのグラスに果実酒を注ぎ終えてから、自らのグラスにも果実酒を注いだライオネルは、グラスから視線を上げると、熱を帯びた瞳でエディスを見つめていたのだった。ガウンをゆったりと羽織ってくつろいだ様子のライオネルからは、匂い立つような色気が漂っていた。

（ライオネル様、いつも以上に雰囲気があって、驚くほどにお美しいわ……）

静止した姿すらそのまま絵になりそうな美形のライオネルだったけれど、果実酒をグラスに注ぐ動作の一つ一つさえもが優雅で、エディスはうっとりと彼の仕草に見入ってしまっていた。

そんなライオネルからの熱い眼差《まなざ》しに、エディスの胸はどきりと跳ねた。エディスと同じく、湯浴みをしたばかりなのであろうライオネルの身体からは、ふわりと仄かな石鹸《せっけん》の香りがした。

彼のまだ乾き切っていない髪にエディスが瞳を向けると、彼女の視線に気付いた様子で、ライオネルは艶やかな黒髪をかきあげながら小さく笑った。

「さっきまでエディスとずっと一緒にいたというのに、君の姿が見えなくなったら、途端に会いたくて堪らなくなってしまってね。軽く汗を流してから、髪を乾かす間も惜しくて、この果実酒だけ準備したらすぐに君のところに来てしまったんだ。……君のこととなると、僕はすっかり余裕がなくなるみたいだね」

ライオネルのしっとりと濡《ぬ》れた黒髪も艶《なま》めかしく、エディスは頬にかあっと血が上るのを感じながら、小さく息を呑んでいた。あまりに美しい目の前のライオネルの姿に、思わず胸を高鳴らせていたエディスに向かって、彼は宝石のような青紫色の瞳を細めた。

「この果実酒は甘いから、きっとエディスにも飲みやすいと思うよ。……今日は多くの招待客の相手をしてくれたから、君も大変だっただろう」

「いいえ、そんなことは。皆様、お元気になられたライオネル様の姿に明るい笑顔でいらっしゃいましたね。私も、このような晴れの日にライオネル様の隣に立たせていただいたことが、本当に嬉しくて。何だか、まだ夢を見ているみたいです」

ライオネルは、愛おしそうにエディスを見つめた。

「君は、礼儀作法から招待客への細やかな気配りまで完璧だったよ。僕の横で笑っていてくれるだけでも十分なくらいだったのに、どうもありがとう。僕の友人たちは皆、美しい君の姿に息を呑んでいたね」

「ふふ。皆様、ライオネル様の美しさに目を瞠っていらっしゃったのだと思いますよ。今日のライオネル様も、もの凄《すご》く格好良かったですから」

微笑み合ったライオネルとエディスは、掲げたグラスを軽く合わせた。グラスの重なる高く澄んだ音が室内に響く。こくりと一口果実酒を飲んだエディスの顔が、ぱっと明るく輝いた。

「果実の香りが爽やかで、とっても美味しいですね。ライオネル様が仰っていたように、甘くて飲みやすくて。疲れもどこかへ飛んで行ってしまいそうです」

「そうか、それならよかったよ」

ライオネルを前にすると、エディスはいつも、ときめきと安心感という、一見相反するような感情が同時に湧いてくるのを感じる。彼と過ごしていると、何気ないささやかな会話でも楽しくて、いつまでも話し続けていられそうなほどに居心地がよいのだった。

ライオネルと談笑するエディスの頬には、減っていくグラスの中の果実酒の量に比例するように、さらにふんわりと赤みが差していた。ライオネルは、そんなエディスの頭を優しく撫でると、そのまま長い指先で、彼女の淡くさらさらとした金髪をそっと梳《す》いた。

「僕の可愛いエディス。君が、僕の人生を完全に変えてくれた。これほど人生が彩り豊かなものになるなんて、君に出会う前の僕には想像すらできなかった。僕が病を患う以前に健康だった時ですら、ね」

ライオネルの熱い瞳が、エディスを真正面から見つめた。ライオネルは静かに彼女に顔を近付けると、その唇をエディスの唇に重ねた。ライオネルの唇の柔らかな感触に、エディスがふわふわとした心地でいると、そのまま彼から落とされた初めての深いキスに、エディスは息が止まりそうになった。

（……！　とても、甘いわ……）

互いの口の中に残る甘やかな果実酒のせいか、それともライオネルがエディスを見つめる優しく蕩《とろ》けるような視線によるものなのか、エディスには、ライオネルの口付けが、身体が溶けてしまいそうなほどに甘く感じられた。

ライオネルの顔がそっと離れてから、顔中を真っ赤に染めたエディスがくらくらと眩暈《めまい》を覚えていると、ふっと笑みを零したライオネルが、くたりと力が抜けてしまっていたエディスの身体を優しく椅子から抱き上げた。

「少し酔ってしまったのかな、エディス？」

美しいライオネルに横抱きにされ、顔を至近距離から覗き込まれて、エディスはどぎまぎとしながら恥ずかしそうに答えた。

「ほんの少しだけ酔っているかもしれませんが、大丈夫です。ちゃんと、自分の足で歩けますから……」

言葉とは裏腹に、身体中に熱を帯びるような酔いが回るのを感じ、鼓動もどんどん速くなっていくエディスの内心を見透かしたかのように、ライオネルは彼女に向かって、少し悪戯《いたずら》っぽく笑い掛けた。

「こんな時くらい、僕に甘えてくれたって構わないのに。僕としてはむしろ、君に甘えてもらえた方が嬉しいくらいだよ」

そのままエディスを横抱きにしてベッドまで運んだライオネルは、広くふかふかとしたベッドに彼女の身体をゆっくりと横たえた。ライオネルの輝きの強い瞳を見上げたエディスの耳元に、彼は口を寄せると小さく囁いた。

「今日は、君の隣で眠っても？」

「……はい、ライオネル様」

耳まで桃色に染めながら頷いたエディスの隣に、ライオネルが身体を滑り込ませた。

（ライオネル様を、こんなに近くに感じるなんて……）

彼のしなやかで逞《たくま》しい腕の中に包まれるようにして、エディスはライオネルの温かな体温を感じていた。エディスが出会った頃の、骨と皮ばかりに痩せ細っていたライオネルとは別人のように、若々しく力強い身体だった。

ライオネルの胸元に顔を寄せたエディスの耳に、早鐘のように打つ彼の鼓動が響く。はっとしてエディスがライオネルの顔を見上げると、エディスを愛しげに見つめるライオネルもまた、頬をほんのりと染めていた。

「エディス。君にこうして一番近くで触れられることが、どれほど僕にとって幸せか、君には想像がつくかな」

ライオネルは、腕の中にいるエディスの存在を改めて確かめるかのように、彼女の顔の輪郭にそっと触れると、そのライラック色の瞳をじっと見つめた。そして、過ぎた日を思い返すように、ライオネルは少し遠い瞳をした。

「前にも、君には少し話したけれど。君と出会った頃は、僕は生きることを諦めかけていた。残り一年と言われた日々を、苦しみの中でただ数えるように、希望もなく淡々と過ごしていただけだったんだ。君と出会って、僕がどれだけ救われたか、言葉にすることは難しいけれど……まるで、突然僕の前に現れた女神のように、優しくて温かな君の側に少しでも長くいたくて、大好きな君を誰にも渡したくなくて。その時初めて、心の底から必死に生きたいと思えた。力尽きかけていた僕の身体にも、そして心にも、君が命を吹き込んでくれたんだよ」

エディスの身体を抱き締めるライオネルの両腕に、ぎゅっと力が込められた。エディスは、胸が締め付けられるほどにライオネルを愛しく思いながら、彼の瞳をそっと見上げた。

「ライオネル様は、私をオークリッジ伯爵家から救い出してくださいました。私は、自分が必要とされない伯爵家での日々に慣れ切ってしまっていましたが、それは、心のどこかを殺すように過ごしていたのだと、ライオネル様と過ごすようになって初めて気が付きました。どれほど私がライオネル様をお慕いしているか、上手《うま》くお伝えできなくてもどかしいくらいです」

「ああ、エディス。君は、どうしてそんなに可愛いんだ……」

堪らず、ライオネルが赤くなった顔を片手で覆った。しばらくエディスの身体を抱き締めていたライオネルは、ゆっくりとエディスに顔を近付けると、再び彼女に深く口付けた。エディスの口から、小さく甘い吐息が漏れる。エディスの唇をいったん離れたライオネルの唇は、そっと彼女の髪から首筋へと移っていった。

エディスへの愛情を伝えようとするかのように、そのまま身体をなぞるように柔らかなキスを落とされて、エディスはライオネルの唇が触れた所から蕩けてしまいそうだった。ライオネルが触れるところはすべて、エディスの身体はどこも火照るような熱を帯びていた。エディスに触れるライオネルの手も唇も、繊細な宝物に触れるように、信じられないほどに優しかった。

心臓が壊れてしまいそうなほど激しく打っていたエディスは、ライオネルの胸に縋《すが》りつくように顔を寄せながら囁いた。

「……大好きです、ライオネル様」

「僕も心から愛しているよ、エディス。これからも生涯変わらず、ずっとね」

視線を合わせたライオネルとエディスは、互いに頬を染めながら幸せそうに笑い合った。

エディスは、大切そうに彼女に触れる温かなライオネルの手と、そして彼女を見つめてタンザナイトのように輝く熱の籠った瞳に、この上なく愛されていることを実感しながら、彼に身を任せてそっとその両目を閉じたのだった。

番外編一　初めての夜会

「エディス。来月、夜会に招待されたんだ。しばらく夜会への出席は断っていたのだが、今度の夜会には僕の妻として一緒に来てくれるかい？」

「夜会、ですか。もちろん、ご一緒させていただきますが……」

結婚式から半月ほどが経《た》った頃、不意に投げかけられたライオネルの言葉に、エディスは少し戸惑い気味に眉を下げた。今までもエディスはライオネルと一緒に、昼に催される少人数の食事会などには参加したことがあったけれど、夜会に参加するのはこれが初めてだったからだ。

以前は身体《からだ》の具合に鑑みて、ライオネルは夜会への参加は控えていた。それに、ライオネルにとっては、夜会への出席を再開するよりも、エディスとの結婚式を優先して早く挙げたいという希望があった。彼女を深く愛するが故にというのはもちろんのこと、多くの貴族たちが集まる夜会に平民出身のエディスが参加する際、彼の婚約者というよりも、より確かな彼の妻としての立場で参加させたいという思いがあったためだった。

ライオネルの体調が見違えるほどに良くなったという話は、彼がエディスと結婚する前から、社交界に次第に広がりつつあった。貴族たちが集う夜会の場で、しばらく振りに彼を見る令嬢たちの視線が、彼が病を患っていた時とはまるで正反対のものになるであろうことは、ライオネルにも想像がついていた。そのような場において、貴族令嬢たちに引け目を感じているエディスを婚約者として伴った場合に、万が一にも彼女を傷付けるようなことがあってはならないと、ライオネルは考えを巡らせていたのだった。

だからこそ、結婚式が無事に終わり、エディスがライオネルの妻となったことが他の貴族令嬢たちに広く知れ渡った今なら、夜会への参加はエディスを妻として紹介できるよい機会だとライオネルは考えていた。

美しい妻を自慢したい、という気持ちもライオネルになかった訳ではなかったけれど、そんな夜会への誘いに対し、エディスは申し訳なさそうにライオネルの顔を見つめた。

「私、まだダンスの練習が十分にできてはいないのです。夜会には、ダンスの時間もありますでしょう？　ライオネル様にご迷惑をお掛けしてしまわないかと、それが心配で……」

ライオネルは、不安げに表情を翳《かげ》らせたエディスを優しく抱き締めた。

「大丈夫だよ、エディス。まだ時間もあるし、一緒にダンスの練習をしようか。もし失敗したところで気にする必要はないし、何より君がダンスの相手をしてくれたなら、僕はとても嬉《うれ》しいんだ。……君と婚約した時には、君とダンスができるほど身体が回復する日がくるとは、想像もつかなかったよ」

エディスの頬が幸せそうにふわりと染まる。

「ライオネル様といつの日か踊ることができたらと、私もそう願っておりましたので、優しいお言葉嬉しく思います。……ダンスは本当に初心者なのですが、ライオネル様のお時間をいただいてしまっても大丈夫でしょうか」

「ああ。君とダンスの練習をするのは、僕にとっても楽しみだよ。僕の見る限り、君はいつも背筋が伸びていて、普段の身のこなしや所作もとても美しい。きっと、優雅に踊れるようになると思うよ」

「そうだとよいのですが。私、あまり身体を動かすことには自信がないのです……」

「気負う必要はないさ。僕は、どんな君だって大好きだからね。新しい君の一面が見られるかと思うと、それだけで胸が躍るよ」

ライオネルは温かくエディスを励ますと、彼女に回した腕に力を込めた。

＊＊＊

「ほら、その調子。随分上手になったね」

ライオネルは明るい笑みを浮かべると、腕の中にいたエディスのことをくるりと回した。エディスのスカートの裾が、ふわりと優美に広がる。

頬を上気させたエディスがはにかみながら、けれど足は止めずにライオネルを見つめた。

「私が上達したのだとしたら、ライオネル様の教え方がお上手だからですわ。いつも根気よく教えてくださって、ありがとうございます」

「僕にとっても、君とこうしてダンスの練習をするのは幸せな時間だからね。一日の仕事の疲れも吹き飛ぶようだよ」

　このところ、ライオネルは父であるグランヴェル侯爵から引き継ぎ始めた仕事を終えた後、毎晩のようにエディスとダンスの練習をしていた。ライオネルは、病に臥《ふ》せっていた期間が長かったとは思えないほどに軽やかな身のこなしで、ダンスもとても上手だった。エディスはうっとりとライオネルを見上げた。

（ライオネル様、本当に素敵だわ。きっと夜会の場でダンスをしても、多くのご令嬢たちの目を釘《くぎ》付《づ》けにしてしまうのでしょうね……）

　彼を見つめるエディスの視線に気付いたのか、ライオネルは愛《いと》しげにエディスに向かって微笑《ほほえ》むと、彼女の耳元で甘く囁《ささや》いた。

「こんなに可愛《かわい》い君が踊る姿をほかの男性たちに見せるのは、惜しいくらいだけれどね。もしも夜会でほかの男性にダンスに誘われたとしても、僕以外とは踊っては駄目だよ？」

「もちろんです、ライオネル様……！」

　かあっと頬を染めて思わず動揺したエディスは、ステップを踏み間違えるとぐらりと身体のバランスを崩した。

「あっ……」

　咄嗟《とっさ》にライオネルがエディスの腰を支えると、そのまま彼女の身体を抱き留めた。

「おっと、エディス。大丈夫かい？」

「はい。すみません、ライオネル様」

「謝ることはないよ。今まで僕は君に頼ってばかりだったのだから、このくらいは僕に頼って欲しい」

「……ありがとうございます」

ライオネルの胸に体重を預けたままで、エディスはこくりと頷《うなず》いた。ライオネルは、エディスの淡い金髪を優しく撫《な》でた。

「夜会でも、僕が側にいるから安心していて欲しい。何か気になることがあれば、遠慮しないで僕に伝えてもらいたいんだ。慣れない場所で緊張することもあるかもしれないが、君には少しでも居心地よく過ごして欲しいからね。……おや、足を捻《ひね》ったのかい？」

足を少し庇《かば》うようにしたエディスに気付いて、ライオネルはエディスの身体をふわりと横抱きに抱き上げた。

「だ、大丈夫です、ライオネル様！　ほんの少し捻っただけで、自分で歩けますから……！」

「いや。足にさらに負担をかけて、腫れたりでもしたら困るからね」

顔中を真っ赤にしたエディスは、呟《つぶや》くように言った。

「これほどライオネル様に甘えてしまっても、よいものなのでしょうか」

「ああ。僕がいなければ困るようになるほどに、君を甘やかしたいくらいだ。君は芯がしっかりしているから、なかなかそんな隙がないけれどね」

エディスの顔を覗《のぞ》き込《こ》んだライオネルに向かって、彼女はくすりと笑みを零《こぼ》した。

「私はもう、ライオネル様がいない生活なんて想像がつきません」

不意を突かれたように、ライオネルの顔も赤く染まる。

「参ったな。エディス、君は可愛過ぎるよ」

　エディスを手近なソファーにそっと下ろしてから、ライオネルは一度部屋を後にすると、程なく薬箱を手にして戻って来た。エディスの足首に湿布を貼り、包帯を巻きながらライオネルは口を開いた。

「今夜の練習はこのくらいにしておこうか。だが、さっきも言った通り、君のダンスは見違えるほどに上達したよ。はじめから筋は良かったけれど、これほど短期間で上手《うま》くなるとはたいしたものだね」

「ふふ、ライオネル様はお優しいですね。夜会の当日も、ライオネル様の足を引っ張らないように頑張ります」

「気負う必要はないが、僕も夜会で君と踊るのを楽しみにしているよ」

　ライオネルは、微笑みを浮かべているエディスににっこりと笑い掛けた。

＊＊＊

「ようこそお越しくださいました。ライオネル様、エディス様」

　温かな笑みで二人を出迎えた、夜会の主催者でもある夫妻の姿に、エディスはほっと緊張が緩むのを感じていた。グランヴェル侯爵家よりもやや小規模な門を潜って馬車が辿《たど》り着《つ》いた屋敷《やしき》は、グランヴェル侯爵家とも旧知の仲に当たる伯爵家のものだった。エディスは自らの結婚式の際に彼らに一度会っているので、面識のない多くの貴族たちが招かれている中で、見知った顔にどこか安堵《あんど》を覚えていた。二人に丁寧に挨拶をしてから、ライオネルとエディスは夜会の会場である部屋へと向かって廊下を歩いて行った。

ライオネルに腕を取られたエディスは、時折ちらちらと自分たちに視線が向けられるのを感じていた。エディスは、隣を歩くライオネルの顔を見上げた。

（ライオネル様、久し振りの夜会だと仰《おっしゃ》っていたものね……）

エディスが結婚式でライオネルに紹介された貴族たち以外は、エディスにとっては見知らぬ人々だった。口元を扇で隠すようにして、ひそひそと集まって話しながらライオネルに視線を送る令嬢たちを見て、エディスは多少の気後《きおく》れを感じていたけれど、ライオネルは全く動じずにエディスを見つめた。

「少し落ち着かないかもしれないが、まああんなものだ。美しい君の姿を噂《うわさ》しているのかもしれないね」

この夜のエディスは、光沢の上品なベージュのイブニングドレスに、ライオネルから贈られたモルガナイトのネックレスとイヤリング、そして左手薬指には大きなダイヤの嵌《はま》った婚約指輪と、それに並ぶようにして金の結婚指輪が嵌《は》められていた。金の結婚指輪は、ライオネルと二人で選んだシンプルな揃《そろ》いのデザインのものだった。

「ライオネル様の凛々《りり》しいお姿に、皆様目を瞠《みは》っていらっしゃるように見えますが。その燕尾服《えんびふく》も、とてもよくお似合いですし……」

夜会用の正装に身を包んだライオネルは、エディスから見ても溜息《ためいき》が出る程美しかった。ほんのり頬を染めてライオネルを見上げたエディスに向かって、彼はくすりと笑った。

「君以外の誰にどう思われたとしても、僕は気にならないが。君のそういう表情が見られるなら嬉しく思うよ」

ライオネルはエディスの隣で完璧なエスコートをしながら、賑《にぎ》やかなざわめきに満ちた夜会の会場に足を踏み入れた。知人の姿を見掛ける度に、ライオネルはにこやかに挨拶をしながらエディスを紹介した。

「妻のエディスです。今後お見知りおきいただけますよう」

「まあ、可愛らしい奥様ですね」

はにかみながら挨拶をするエディスに、皆が温かな視線を向けてくれた。ライオネルは微笑みながら続けた。

「僕がこうしてこの場に来られる程に体調が回復したのも、全て彼女のお蔭《かげ》です」

長らく病に臥せっていたということを感じさせないほどに、ライオネルが柔らかな物腰で誰ともそつなく挨拶を交わす様子に、エディスは内心で感嘆の息を吐いていた。

（さすがだわ、ライオネル様。とても落ち着いていらっしゃるし、顔も広くていらっしゃるのね。私も、ライオネル様が隣にいてくださるだけで安心だわ……）

しばらくすると、しっとりとした曲調のピアノの演奏が始まった。思い思いに踊り始める男女を横目に見ながら、ライオネルがエディスの手を引いた。

「さあ、僕たちも踊ろうか、エディス」

「はい、ライオネル様」

ライオネルの手がエディスの腰に回る。見つめ合った二人は、ピアノの曲に合わせて優美にステップを踏み始めた。

きらきらと輝く大きなシャンデリアに照らされながら、間近にライオネルの美しい青紫色の瞳を見上げて、エディスはふわふわとした高揚感に満たされていた。

（何だか、夢を見ているみたいだわ）

まるで幼い日に読んだおとぎ話に登場する王子様のように、目の前でエディスの手を取って踊るライオネルは、その優れた容姿だけでなく、知性も品性も、そして優しく思いやりのある性格に至るまで、何もかもが完璧だった。

大好きだった両親を失い、引き取られた義父母と義姉の元で辛酸を舐《な》めてきたエディスは、ライオネルと出会った自分がこれほどの幸せの中にいることを、今でも時々夢の中にいるように思うことがあった。けれど、美しいピアノの調べに合わせてライオネルと踊るこの時間ほど、それをひしひしと実感したことはなかった。

ライオネルの身体の動きに合わせて、エディスも軽やかな足さばきを見せていた。ライオネルはエディスを見つめて優しく微笑んだ。

「今日が初めての夜会だなんて思えないよ、エディス。とても上手だね」

エディスもライオネルを見上げて微笑みを返した。

「ふふ、もしそうだとしたらライオネル様のお蔭です」

ライオネルの腕の中で、エディスがくるりと回転した。エディスの淡い金髪がふわりと流れ、ドレスの裾が美しく広がる。

優雅に踊るライオネルとエディスの姿が多くの招待客の目を惹《ひ》き付《つ》けていたことに、エディスはまだ気付いてはいなかった。ライオネルの瞳に、やや熱が籠《こも》る。

「こんなに可憐《かれん》な君を大勢の視線に晒《さら》すのは、やはりどこか悔しいな。それに、君はいい表情をしているね」

たちまち頬を薄桃色に染めたエディスは、恥ずかしそうに笑った。

「それは、ライオネル様が私の前にいらっしゃるからです」

「……ああ、やはり君には敵《かな》わないな」

ライオネルとエディスは、互いに頬を上気させながらくすくすと楽しげに笑い合った。

長く続いた夢のような夜の後、帰りの馬車の中でうとうととライオネルの肩に凭《もた》れ掛《か》かったエディスの髪を、ライオネルは柔らかく撫でた。

「初めての夜会で、疲れも出ただろう。よく頑張ってくれたね」

「こちらこそありがとうございました、ライオネル様。ライオネル様がずっと隣にいてくださって心強かったですし、ダンスの時間もまるで夢を見ているようでした」

うっとりと呟いたエディスの身体を、ライオネルが軽く抱き寄せた。

「僕の方こそ、同じ思いでいたよ。ありがとう、エディス」

ライオネルの肩にこくりと頭が寄り掛かったエディスの額に、ライオネルはそっとキスを落とすと、すうすうと穏やかな寝息を立て始めた彼女の寝顔を愛しげに眺めていた。

番外編二　侯爵家での薬事業

ライオネルの私室のドアが軽くノックされた。机の上の書類に目を通していたライオネルが返事をすると、エディスがにこやかにドアの隙間から顔を覗《のぞ》かせた。途端にライオネルの表情が明るく輝く。

「エディス！」

「お仕事お疲れ様です、ライオネル様。よろしければ、お茶でもいかがですか？」

エディスは、ハーブティーの入ったポットとカップ、そしてクッキーの並ぶ皿の載ったトレイを手にしていた。

「ああ、わざわざありがとう。いただくよ」

すぐにドアの所まで歩いて来たライオネルは、エディスからトレイを受け取ると、近くのテーブルの上に置いた。ハーブティーの豊潤な香りが、ふわりとライオネルの鼻をくすぐる。このハーブティーも、香りが高く薬効もあるハーブをエディスが数種類ブレンドして淹《い》れた、彼女お手製のものだった。

「エディス、君も一緒にどうだい？」

「いえ、私は大丈夫です。お仕事のお邪魔をしてはいけませんから」

エディスは、ライオネルの机の上に積んであるたくさんの書類を見つめて、少し眉を下げた。

身体《からだ》の具合がほぼ回復したライオネルは、父であるグランヴェル侯爵から仕事をどんどんと引き継いでいた。体調が悪く何もできずにいた時の穴を埋めるかのように、砂が水を吸い込むかのごとく、あっという間に仕事の要領を飲み込んでいくライオネルの姿に、グランヴェル侯爵も驚きと喜びを隠せない様子だった。

長らく病のために横たわっていたベッドを出て、すっかり机で仕事に向かう姿が板についたライオネルのことを、エディスはいつもさりげなく気遣っていた。エディスはポットからカップにハーブティーを注ぐと、ライオネルに向かって微笑《ほほえ》んだ。

「あまりご無理はなさらないでくださいね。では、私はこれで失礼します」

「エディス、少し待ってくれないか」

ライオネルはそう言うと、エディスの身体に両腕を回して柔らかく抱き締めた。

「ライオネル様……？」

ふわりと頬を染めたエディスが、ライオネルの腕の中から彼を見上げると、ライオネルは愛《いと》しげにエディスを見つめて目を細めていた。

「君の存在そのものが、僕にとっては何よりの癒《いや》しだからね。……ところで、エディス。思いのほか、手元の仕事が早く片付きそうなんだ。あの机の残りの書類さえ片付ければ一段落つくのだが、そうしたら一緒に出掛けないか？」

「えっ、よろしいのですか？」

瞳を瞬《まばた》いたエディスに、ライオネルは穏やかに笑い掛けた。

「ああ。父からも、今はあまり根《こん》を詰めないようにと言われているし、何より僕が君と一緒に過ごしたいんだ。前から君と一緒に行きたいと思っていた場所で、グランヴェル侯爵家の事業にも縁がある所があってね。……君は、グランヴェル侯爵家が植物園を所有していることは知っているかい？」

「植物園、ですか？」

エディスが興味深そうに瞳を輝かせたのを見て、ライオネルは嬉《うれ》しそうに頷《うなず》いた。

「ああ。侯爵領の端の方だから、少し距離があるのだけれどね。できれば泊まりがけの方がよいのだが、君はどう思う？」

エディスはライオネルを見上げて、にっこりと笑った。

「私は、ライオネル様さえご都合がよければ、是非ご一緒させていただきたいです。久し振りに泊まりがけで出掛けるのも楽しそうですね」

ライオネルもエディスに笑みを返すと、彼女の頭を優しく撫《な》でた。

「よし。そうと決まれば、早く君と出掛けられるように、急いで仕事を済ませるよ。君の顔を見られて元気ももらったし、お茶もありがとう。仕事を終え次第、声を掛けるよ」

「ありがとうございます、ライオネル様。後ほど、お待ちしておりますね」

部屋を出ようと振り向きかけたエディスを、ライオネルが名残惜しそうに再び腕の中に閉じ込めて、軽く頬にキスを落とした。みるみるうちに頬を上気させたエディスは、ライオネルを見上げて、恥ずかしそうに微笑んでから、ライオネルの部屋を後にした。

＊＊＊

「うわあっ。グランヴェル侯爵家の植物園は、こんなに広いのですね……！」

　グランヴェル侯爵家の植物園に到着し、ライオネルの手を借りて馬車から降り立ったエディスは、一目では見渡せないほど広大な丘陵に広がる植物園を見回した。緩やかな丘陵の一角を使用して作られたグランヴェル家の植物園には、様々な種類の植物が鬱蒼《うっそう》と生い茂り、所々に立派な温室が建っていた。植物園を目にしてうきうきとした様子のエディスに、ライオネルは楽しげに笑い掛けた。

「この植物園では、街中でも見掛けるようなありふれたものから、海外から持ち込んだ珍しい樹々《きぎ》に花々まで、様々な種類の植物を育てているんだよ。君がグランヴェル侯爵家の中庭で見た花にも、ここで育てられた品種が何種類も含まれているんだ。特定の種類の草花の球根や苗、種といったものも、グランヴェル侯爵家の事業では扱っていてね」

「そうだったのですね。それは知りませんでした」

　ライオネルは、エディスと一緒に広々とした植物園を眺めた。

「君の父上の出身のオークリッジ伯爵家は、高名な白魔術師を祖先に持ち、その薬事業も、祖先の回復魔法に由来しているという話だったね。グランヴェル侯爵家では、事業が多角化した結果、今の事業には祖先の魔法の影響はさほど感じられないのだが、祖先は水を扱う魔術師だったと言われているんだ。僅《わず》かに今も水魔法の名残が感じられるのが、この植物の種苗《しゅびょう》を扱う事業なんだよ。昔はもっと規模も大きかったと聞いているが、今では事業の一部に残っている程度に過ぎないんだがね」

「水魔法ですか。植物の成長に欠かせない水は、種苗を扱う事業とは相性がよさそうですね。それにしても、これだけ広い植物園があっても、事業のごく一部に過ぎないだなんて。グランヴェル侯爵家は違いますね……」

　エディスは目の前に広がる植物園に目を瞠《みは》り、感嘆の息を吐いていた。ライオネルは、エディスの腕を取りながら微笑んだ。

「まあ、昔から受け継がれている土地でもあるからね。それから、植物園には薬草の類《たぐい》を育てている場所も幾つかあるんだ。後でまた君を案内するよ」

「ありがとうございます、ライオネル様。とても楽しみです」

　植物園に足を踏み入れながら、瞳をきらきらとさせて大きな笑みを浮かべたエディスを見て、ライオネルはくすりと笑った。

「君は、やっぱり薬草が好きなようだね」

「はい。美しい花々や珍しい植物を見ることもとても好きなのですが、つい、薬草と聞くと気になってしまって……」

「薬屋を営んでいらしたご両親の影響も、きっと少なからずあるのだろうね。僕の知る限り、君は間違いなく一番の薬草の専門家だし、飛び抜けた腕を持つ薬の作り手だよ」

ライオネルに手放しで絶賛されて、エディスは恥ずかしそうに頬を赤らめた。

「いえ、そんなことは……。でも、ライオネル様の仰《おっしゃ》る通り、両親の影響はとても大きいのだと思います。幼い頃から多くの薬草が身近にある環境で育って来ましたし、両親から薬草や薬作りの知識を教えてもらうことが、昔から大好きでしたから」

懐かしそうに目を細めたエディスの頭を、ライオネルはそっと撫でた。

「君がご両親から学んだことは、今も間違いなく君の中に生きているよ。僕も、君の薬草の知識と薬作りの腕に助けられた一人だ。それに、薬に関する知識を君に授けただけではなくて、何より、これほど優しく思いやり深い、君のように素晴らしい女性を育ててくださったご両親には、僕も感謝の気持ちしかないよ」

「優しいお言葉をありがとうございます。私も、もしライオネル様を両親に紹介できていたのなら、父も母もどれほど喜んだだろうと思いますが……。残してもらった知識で私がライオネル様のお役に立てるよう、天国で見守ってくれていたのかもしれませんね」

「その通りかもしれないね。僕も、こんな奇跡のような君との出会いが、偶然に起きたとは思えないんだ」

ライオネルはエディスを軽く抱き寄せてから、植物園の中に続く小道を、再び彼女の腕を取って歩き出した。陽がだんだんと傾き始め、寄り添う二人の影が地面に長く伸び始めていた。

「ほら、ここが薬草園だよ」

ライオネルは、目の前に広がる広大な薬草の畑をエディスに示した。

「あの奥に見える温室では、温暖な気候で育つ海外種の薬草が育てられているんだ。手前の畑には、主に国内で採れる種類の薬草が植えられているんだよ」

「凄《すご》いわ……！　これほどの薬草園を見たのは、私はこれが初めてです」

エディスは興奮気味に瞳を輝かせると、弾むような軽い足取りで薬草園の奥へと進んで行った。植えられた薬草を端から熱心に眺めながら、エディスは呟《つぶや》くように言った。

「これほど充実した薬草が手に入るなら、色々な薬が作れるわ……」

「こうして見るだけでも、君はどの薬草が何の薬を作るために必要なのかわかるのかい？」

ライオネルは、楽しそうなエディスの姿に目を細めていた。

「ええ、大抵は。全く色も形も知らない薬草まではさすがにわかりませんが、他の知っている薬草と同じ科に属するようなら似た効用があるなど、想像がつく部分はありますね」

「さすがだな、エディスは。大したものだね」

ライオネルは、次第に茜《あかね》色から群青《ぐんじょう》色へと色を変え始め、白い星が淡く瞬き始めた空を見上げると、エディスの顔を覗き込んだ。

「せっかく君が夢中になっているのにすまないが、もう陽も落ちてきた。だんだん冷えてきたし、また明日、改めてここに来ようか」

「はい、ライオネル様！　つい時間を忘れてしまって、すみませんでした。仰る通り、大分肌寒くなってきましたね……」

ふるりと身体を震わせたエディスの肩に、ライオネルがそれまで羽織っていた上着を脱いでふわりと優しくかけた。

「エディス、これを着ていてくれ」

エディスは頬を染めて、優しい瞳を彼女に向けるライオネルを見上げた。

「それでは、ライオネル様のお身体が冷えてしまうのでは……」

「僕は大丈夫だ。大切なエディスが震えている方が耐えられないからね。さあ、行こうか」

ライオネルはそっとエディスの肩を抱き寄せると、二人並んで植物園の出口へと向かって歩いて行った。エディスは、いつも誰よりも彼女のことを一番に考えてくれるライオネルの美しい横顔を愛しげに見つめて微笑んだ。

＊＊＊

植物園に程近い場所にある瀟洒《しょうしゃ》な建物の一室で、エディスはテーブルを挟んでライオネルと向き合って座っていた。ライオネルが取り出した、植物園で育てられている数々の薬草の一覧を、エディスはテーブルに広げて食い入るように眺めていた。

「まだ今日は実物を見ていませんが、こんなに珍しい薬草まであるのですね」

エディスは、一覧に記載された薬草の名前を見て感嘆の息を吐いた。

「ライオネル様は以前、身体の痛みに苦しんでいらしたと仰っていましたが。ここに名前がある薬草にも、そのような痛みを緩和しながら、関節の動きを滑らかにする効果があるのですよ」

「そうか。……薬のことを話している君は、いつも活《い》き活《い》きとしているね」

ライオネルは真剣な表情でエディスを見つめた。

「もし、君が望む場合の話だが。このグランヴェル侯爵家で、薬事業をやってみるかい？」

「えっ？」

瞳を瞬《まばた》いたエディスに向かって、ライオネルが続けた。

「君の薬作りの腕は間違いなく一流だし、僕も君の薬に助けられた一人だ。君と婚約してからというもの、僕が君のことも、君の薬も独占してしまっていたが。きっと君の薬は僕だけでなく、多くの人々を救うことができると思うから」

「……よろしいのですか？」

「ああ、もちろんだ」

エディスは、ライオネルに向かってぱっと輝くような笑みを浮かべた。

「そのような機会をいただけるなら、とても嬉しく思います。今日、ライオネル様に薬草園を見せていただきながら、私はやはり薬草や薬作りが好きなのだと改めて感じていたのです。あの薬草園で育てられている薬草の種類も量も、非常に豊富でした。あの薬草を使えば、たくさんの人々に喜んでもらえるような良《い》い薬が、きっと作れると思います」

ライオネルも、頰を上気させているエディスににっこりと笑った。

「君の頭の中にはもう、薬のイメージがある程度出来上がっているようだね。また明日、今日見せられなかった薬草園の残りの部分も案内するよ」

「はい！　ありがとうございます、ライオネル様」

エディスはその夜、温かなライオネルの腕の中で、新しい薬のイメージに胸を膨らませながらふわふわと幸せな眠りに落ちていった。


翌日、まだぴりりと空気の冷えた早朝に、ライオネルとエディスは再び薬草園を訪れた。昇り始めた朝陽《あさひ》が周囲を照らす中、エディスは清々《すがすが》しく澄んだ空気を胸いっぱいに吸い込んだ。

「気持ちのよい朝ですね、ライオネル様」

明るい笑みを浮かべるエディスに、ライオネルも微笑みを返した。

「ああ、そうだね。……エディス、君に見せたいものがあるんだ」

ライオネルはエディスの手を引くと、植物園のなだらかな丘陵を彼女と一緒に上っていった。エディスの歩調に合わせてゆっくりと歩いたライオネルは、丘の一番高く見晴らしのよい場所で足を止めた。

「ここだよ、エディス」

ライオネルの隣に並んだエディスは、開けた視界の先に広がる景色に目を細めた。

「……とっても綺麗《きれい》な景色ですね、ライオネル様」

エディスがほうっと息を吐く。ライオネルも、そんなエディスの姿を見て微笑んだ。

「ここからは、グランヴェル侯爵領が一望できるんだ。向こうに見える湖の辺りから、あの切り立った山際までが、僕たちが継いで治めていくことになる領地だよ」

エディスは驚いたように目を瞠った。

「グランヴェル侯爵家が由緒正しき立派な家門だということは私も存じていましたが、これほどに領地が広大なのですね……」

眩《まぶ》しいほどの朝陽の中で、遠く小さく見える街並みや田畑、緑豊かな山々や、宝石のような青緑色に澄んだ湖が鮮やかに光を弾いていた。

「僕は君となら、この領地も、将来的により良いものにしていけると思う。父も、きっと僕と同じ気持ちだと思うよ」

「私がどれほどライオネル様のお役に立てるかはわかりませんが……。ライオネル様のいらっしゃるグランヴェル侯爵家をお支えしたいという気持ちだけは、誰にも負けないつもりです」

「その言葉だけでも、十分過ぎるくらいだよ」

ライオネルは嬉しそうに笑うと、エディスを抱き寄せてその頬に優しく唇を落とした。ライオネルの腕に身体を預けたエディスの頬が、ふわりと染まる。

「君が側にいてくれさえすれば、僕はそれだけでいいから。君の存在が、僕がこの領地のために働く力の源になるんだ。だから君は気負わずに、できるだけ自由にしていて欲しい」

「できることなら、何かの形でお役に立てたらと思ってはおりますが。いつもお優しいお気遣いをありがとうございます、ライオネル様」

ライオネルは穏やかな瞳でエディスを見つめた。

「君の薬で領民たちを癒せたら、それは凄く大きな貢献になるだろうね」

「もしそれを叶《かな》えられたら嬉しく思います。それに、時間が許すようであれば、症状の重い患者に合わせて個別に薬を処方できたらとも思います。昔、私の父と母がそうしていたように」

「ああ、それもいいかもしれないね。ただ、あくまで君の無理のない範囲でやって欲しい。僕も、君の時間があまりに薬事業に取られてしまったら寂しいからね」

ライオネルはくすりと笑うと、エディスと一緒に目の前に広がる広大な領地を見下ろした。エディスは、朝陽を受けて輝く景色を見つめながら、希望に満ちた明るい未来が自分たちの前に開けているように感じていた。

この日にライオネルと一緒にエディスが見て回った薬草園でも、今までに見たことがないような稀少《きしょう》種の薬草を見付けて興奮気味に頬を染めたエディスは、どのような薬を作るかという構想を頭の中で描き始めていた。

＊＊＊

「何？　グランヴェル侯爵家でも薬事業に乗り出すだと⁉」

オークリッジ伯爵はがたっと大きな音を立てて椅子から立ち上がった。彼の顔に浮かぶ隠し切れない動揺の色を見ながら、オークリッジ伯爵家で薬事業に従事している最も古株の使用人は頷いて続けた。

「ええ。小耳に挟んだ話ではありますが、そう遠くないうちに薬事業に乗り出せるよう、準備を進めているようです。グランヴェル侯爵家の所有している植物園の中に薬草園があるらしいのですが、そこで採れる薬草は良質で、稀少なものもあるようで。……今までは主に他事業に注力し、さらに長男のライオネル様が病に臥《ふ》せっていた侯爵家では、薬事業にまで乗り出す余裕はなかったらしいのですが、それもこれもエディスお嬢様のお蔭《かげ》のようですね」

「……エディスの奴《やつ》、余計なことをしおって!!」

ダン、と大きい音を立てて伯爵がテーブルを叩《たた》いた。

（ただでさえ、エディスがいなくなったことがこの家の薬事業にとって大打撃なのに。このオークリッジ伯爵家を潰す気か……！）

使用人は、怒りで顔を真っ赤にしている伯爵に向かって静かに口を開いた。

「お言葉ではございますが。エディスお嬢様には、我々としてはむしろ感謝すべきかと思います」

「何だと？」

苛《いら》立《だ》った様子で伯爵が使用人を睨《にら》み付《つ》けると、彼は正面から伯爵を見つめ返した。

「知り合いの伝手《つて》でエディスお嬢様の言葉を伝え聞いたのですが、グランヴェル侯爵家は、オークリッジ伯爵家で扱っている薬のラインと完全に重複するような薬は扱わないそうです。似た系統の種類の薬を扱う場合でも、ターゲット層が同じになるような価格帯やラインの薬の販売予定はないとか」

「……どういうことだ？」

「この家の薬事業を妨害するようなことはしたくはない、というエディスお嬢様のお気遣いでしょう」

使用人は、噛《か》み締《し》めるように言った。

「エディスお嬢様にとっては、オークリッジ伯爵家で扱っているのと全く同じ薬を作る方が遥《はる》かに簡単だったことでしょう。この家に引き取られていらしてからというもの、この家の薬事業を取り仕切り、寝る間も惜しんでその立て直しに取り組んでくださったのがエディスお嬢様なのですから。……でも、エディスお嬢様はそうなさることを選びませんでした」

「……」

苦い顔をして押し黙った伯爵に対して、使用人は続けた。

「エディスお嬢様が去って初めてその存在の大きさに気付かされたのですから、我々使用人たちも、今更ながら反省すべき点ばかりです。どうか伯爵様にも、お嬢様のお気持ちを無駄になさるようなことはしないでいただきたいのです」

オークリッジ伯爵は、初めて面と向かって意見を述べて来た使用人を見つめた。その使用人は、オークリッジ伯爵家の薬事業についてエディスが残した資料をくまなく読み込んでおり、今では誰より伯爵家の薬事業について詳しい。今までは思うままに使用人たちに向かって怒鳴り散らして来た伯爵だったけれど、彼がもしオークリッジ伯爵家を去り、万が一にもグランヴェル侯爵家で働き出しでもしようものなら、伯爵家の薬事業は危機に瀕《ひん》するだろうということはわかっていた。

「……善処しよう」

「ありがとうございます」

ほっと安堵《あんど》の笑みを浮かべた使用人は、一礼するとオークリッジ伯爵の前を辞した。伯爵は不機嫌そうに、廊下に向かって家中に響くような大声を張り上げた。

「ダリア！　ダリアはいないか」

しばらくしてから、やや眉を寄せたダリアが父であるオークリッジ伯爵の前にやって来た。

「何ですか、お父様？　家の中で、わざわざそんな大声で叫ばなくてもよいのではありませんか？」

「ダリア、ここに来なさい」

不服そうな表情を浮かべたダリアだったけれど、父の言葉の通り彼の前までやって来た。

「これは何だ。……お前は、まだこんな買い物をしているのか？」

伯爵がペンで示した帳簿の先には、ダリアがいつもドレスを購入している馴染《なじ》みの店の名前があった。

「ええ、お父様。何か問題でも？」

「グランヴェル侯爵家からの追加の支援で得た金も、そろそろ尽きるところだ。なのに、お前は今でもこんなに金遣いが荒かったのか？」

ダリアは憮然《ぶぜん》とした表情で答えた。

「なら、足りない分はお父様が稼げばよいではありませんか。可愛《かわい》い娘が流行《はや》りのドレスも着られずに、惨めな思いをしてもよいとでも仰るのですか？」

「黙れ!!」

オークリッジ伯爵家存続の瀬戸際まで来ていることを、さすがに今となっては理解していた伯爵はダリアに向かって声を荒らげた。今までオークリッジ伯爵家に多額の資金援助をしていたグランヴェル侯爵家が手を引いてからというもの、伯爵家がほかに借り入れを行っていた先も、追加の支援をぴたりと渋るようになっていた。初めて父に厳しく怒鳴りつけられて、ダリアはびくりと肩を跳ねさせた。

「一家揃《そろ》って路頭に迷いたいのか？　お前の宝石も、質に入れることになるぞ」

「そ、そんなっ、お父様……！」

ようやく顔を青ざめさせたダリアに向かって、伯爵は目の前の机の上にばさりと書類を置くと、彼女を見つめた。

「ダリア、お前もこれを読み込んでおくように。エディスが残していった薬事業関係の資料だ」

「どうしてなのです、お父様？　お母様は、エディスは誰にでもできるような仕事しかしていなかったと仰っていましたわ。誰か使用人に任せればよいのじゃありませんか？」

「それができるなら、苦労はしていない！」

伯爵は再び激しい勢いで机を叩いた。

「では、お前が散々馬鹿にしていたエディスがしていた仕事などは、お前も簡単にできるというのだな？　……このオークリッジ伯爵家は、人手不足で猫の手も借りたいんだ。お前にも薬事業を手伝ってもらう。わかったな？」

「……はい、お父様」

ダリアは渋々頷いた。お気に入りの宝石と自由気ままな今の生活を天秤《てんびん》にかけると、わずかに宝石の側が下に傾いたからだった。

（エディスがグランヴェル侯爵家に行きさえしなければよかったのに……！　あのエディスが将来のグランヴェル侯爵夫人で、私がこの家で使用人のように働かなければいけないなんて、納得がいかないわ）

ダリアは悔しげに唇を噛んだ。エディスが以前オークリッジ伯爵家で行っていた仕事のほんの一部を担当することになったダリアが、慣れない専門用語と目が回る忙しさに悲鳴を上げる日々が近い将来に待っていることを、この時の彼女はまだ知らない。

＊＊＊

「……これで、完成だわ」

エディスは手元で調合していた薬を見つめて、嬉しそうに微笑んだ。最近、新しい薬の調合に余念がなく、寝る時間も惜しんでいたエディスの身体を気遣って、薬の調合中の彼女の元を度々訪れていたライオネルが優しい笑みを向けた。

「お疲れ様、エディス。よく頑張ったね。……大分、根を詰めているようで、僕としては心配していたのだけれどね」

エディスの目の前の机には、多様な薬がずらりと並んでいた。粉薬から錠剤、シロップ状のものまで、形状も、そして色も様々だった。

ライオネルの顔を見上げて、エディスはにっこりと笑った。

「ライオネル様こそお仕事がお忙しいというのに、お付き合いくださってありがとうございます」

「いや、僕のことは構わないが。……ところで、君が薬を作るところを見ていて思ったのだが」

ライオネルは、不思議そうにその美しい青紫色の瞳を細めた。

「前にも一度君に話したと思うが。君が薬を作っている時、君の手元に淡い光が見えるんだ。今までは気のせいかとも思っていたのだが、このところ君が薬を調合するところを側《そば》で見ていると、やはり美しい光が舞っているように見える。……君はもしかしたら本当に、オークリッジ伯爵家の血筋が継いでいるという白魔術が使えるのではないだろうか」

エディスは思案げに数回目を瞬くと、遠慮がちに口を開いた。

「私自身には魔法が使えるという感覚はありませんので、よくはわからないのですが。私の父のオークリッジ伯爵家も、白魔術師を祖先に持ちますが……以前、ユージェニー様とお茶をご一緒した時に伺ったことがあるのです。私の母は平民の出でしたが、聖女と呼ばれる血筋を継いでいたようだと」

「……聖女の血筋?」

エディスの言葉に目を瞠ったライオネルに対して、彼女は続けた。

「はい。ユージェニー様は、よく効く薬を作っていた私の母には、回復魔法を扱う力があったのではないかと仰っていました。それが事実なのかは、今となってはもう確かめようもありませんし、その力を私が継いでいるのかもわかりませんが……」

ライオネルはエディスをじっと見つめると、感謝を込めた柔らかな笑みを浮かべた。

「エディス、きっとそうなのだろうね。今の話を聞いて、僕の頭の中でパズルのピースが嵌《はま》ったような気がしているよ。やはり、僕の命を助けてくれたのは君だったんだね」

エディスの華奢《きゃしゃ》な身体を、ライオネルはそっと腕の中に抱き寄せた。

「ただ、君の魔法が薬に宿っていたのだとしても、僕の身体が治ったのはその力だけによるものではないと思うんだ。君の僕に対する温かな気持ちや心遣いが、何より僕を癒してくれた。君が魔法を使えるかどうかにかかわらず、思いやり深く優しい君を、僕は誰より愛しているから」

ライオネルの言葉に、エディスはふわりと頬を染めながら彼を見上げた。

「ありがとうございます、ライオネル様。私も、ライオネル様と同じ気持ちです」

ライオネルの柔らかな唇が、エディスの唇に優しく重ねられた。唇が離れた後、見つめ合った二人は恥ずかしそうに微笑み合った。

「エディス。君が作った薬はこれから多くの人々を助けると、僕は心からそう思うよ」

「この薬で困っている方々を救えればと、私もそう思っています」

「ところで。君はオークリッジ伯爵家で作っていたのと同じ薬は作らないのかい？　作り方も既に把握していることだし、恐らく、君にとってはそれが一番容易だろうと思ったのだが」

国内での薬の製造と販売は、その種類や製法にかかわらず、薬に適切な効力が認められる限りは自由に行うことが認められていた。不思議そうに瞳を瞬いたライオネルに向かって、エディスは首を横に振った。

「いえ。……オークリッジ伯爵家の養子としての縁は、今はもう切れましたが。それでも、お祖父《じい》様《さま》やお父様が育った伯爵家ですから。できることなら、何とか持ち直して欲しいと思っているのです」

「だから、あえて違う種類の薬を作っていたのかい？」

「ええ。多少は近い種類のものもありますが、需要のある層の完全な重複は避けています」

ライオネルの温かな腕の中から、エディスは希望を込めて出来上がった目の前の薬を見つめていた。

「これらの薬の販売は、その効果を確かめてからになるので、もう少し先になるとは思いますが。いずれ、苦しんでいる人々の役に立つようにとの願いを込めています」

「優しい君らしいね。君の作った薬は、間違いなく多くの人々に必要とされると思うよ」

エディスの思いやりを改めて感じながら、ライオネルは彼女に回した腕に力を込めると、その美しい顔に愛しげな笑みを浮かべたのだった。

番外編三　サプライズ

「お兄様ー！」

　仕事を終えて私室を出たライオネルの元に、待ちかねたようにアーチェが駆けて来た。ライオネルの足にぎゅっと抱き着いた彼女は、頬を上気させて大きな瞳でライオネルを見上げた。

「もう今日のお仕事は終わりよね、お兄様？」

「ああ、そうだよアーチェ。今日もいい子にしていたかい？」

　ライオネルがアーチェの髪を撫《な》でると、彼女は元気よく頷《うなず》いた。

「うん！　もちろんよ。今日も、エディスお義姉様《ねえさま》のお手伝いをしていたのよ」

　アーチェは胸を張ってライオネルに答えた。

「最近ね、私、よくエディスお義姉様がお薬を作るのを手伝っているの。はじめは見ているだけだったけれど、今ではもうすっかりお義姉様の助手なのよ」

　嬉《うれ》しそうにうきうきと話すアーチェに、ライオネルは優しく目を細めた。

「ほう、それはたいしたものだね。アーチェは、エディスが薬を作る時にはどんな手伝いをしているんだい？」

「助手だもの、色々よ。採れたばかりの薬草をつるして乾かしたり、必要な薬草をお義姉様のところに持って行ったりしているの」

「偉いな、アーチェは。さすがだね」

アーチェはライオネルを見上げてにっこりと笑った。

「ただ、今日は、薬作りとは関係のないお手伝いをしていたのだけれど……」

アーチェは少しもじもじと答えた。不思議そうに目を瞬《まばた》いたライオネルの手を、アーチェはぐいっと引っ張った。

「ねえ、お兄様。お夕食も近いし、一緒にダイニングルームに来て欲しいの」

「ああ、もちろん構わないよ」

少し首を傾《かし》げたライオネルの手を、アーチェはそのまま引っ張ってダイニングルームへと向かった。ダイニングルームの前にやって来たライオネルの鼻を、部屋の中から漂ってきた食欲をそそる匂いがふわりとくすぐる。

アーチェが楽しそうにダイニングルームの扉を開けると、ライオネルは部屋の中を見てあっと息を呑《の》んだ。ダイニングルームの壁や天井は、明るい色合いの花々で華やかに飾り付けられ、ダイニングテーブルの上には溢《あふ》れそうなほどのご馳走《ちそう》が並んでいた。

「お誕生日おめでとうございます、ライオネル様」

「兄さん、誕生日おめでとう！」

エディスとクレイグの明るい声がライオネルを出迎える。エディスの横ではグランヴェル侯爵が温かな笑みを浮かべ、クレイグの隣ではユージェニーがにこにこと微笑《ほほえ》んでいた。

「ライオネル。二十二歳の誕生日、おめでとう」

「この一年が益々《ますます》ライオネル様にとって良い年になるよう、お祈りしておりますわ」

グランヴェル侯爵とユージェニーに続いて、アーチェが顔いっぱいの笑みを浮かべて口を開いた。

「お誕生日おめでとうございます、お兄様！」

皆から口々に誕生日を祝う言葉を告げられて、ライオネルはアーチェを腕に抱き上げながら、胸をいっぱいにした様子で少し声を詰まらせた。

「皆、これは僕のために？　アーチェがさっき言っていた手伝いというのも……」

「そうよ、お兄様！　今日は、お兄様のお誕生日のお祝いをするための準備をしていたの」

「そうだったのか。ありがとう、アーチェ」

ライオネルは腕の中のアーチェをぎゅっと抱き締めてからそっと下ろすと、エディスの隣の席に着いた。ライオネルのもう片側の席に、アーチェが座る。エディスはライオネルとアーチェを見つめて、嬉しそうに微笑んだ。

「ライオネル様に喜んでいただきたいと、アーチェ様はとても頑張っていらしたのですよ。この部屋の飾りつけも、ここに並ぶ料理の準備も、たくさん手伝ってくださいましたから」

「はい！　エディスお義姉様も、お兄様のお誕生日をお祝いする準備には、とても気合いが入っていらっしゃいましたものね」

エディスとアーチェは、顔を見合わせてふふっと笑った。本当の姉妹のように仲の良い《い》二人の姿に、ライオネルも口元を綻ばせた。

「そうだったのか。部屋いっぱいの飾りつけに、こんなに立派なご馳走まで用意してくれて、本当にありがとう。それに、ユージェニーも来てくれていたんだね」

クレイグの隣で仲睦《なかむつ》まじく肩を寄せ合っていたユージェニーは、温かな笑みを浮かべたままこくりと頷いた。

「クレイグ様とエディス様に誘っていただいて、一緒にライオネル様をお祝いさせていただきたく参りました」

ユージェニーに向かってクレイグもにこやかに笑い掛けてから、ライオネルに向き直った。

「今年はこんな風に兄さんの誕生日を祝うことができて、俺も嬉しいよ」

「……今日が僕の誕生日だったなんて、すっかり忘れていたよ。一年前の今日は、医師から余命宣告を受けたばかりの時だったんだ」

ライオネルはふっと遠い目をした。

「あの日はベッドからほとんど起き上がることもできずに、どうにか薄い粥《かゆ》に口を付けただけだったな。……あの時は、もう新しく歳《とし》を重ねることもないだろうと思っていたのだが、こんなに幸せな誕生日を迎えることができたなんて、何だか信じられないような気がするよ」

グランヴェル侯爵も、すっかり回復したライオネルを見つめてしみじみと噛《か》み締《し》めるように言った。

「私も、君がこれほど健康な姿で新しい誕生日を迎えられるとは、昨年の同じ日には想像もつかなかった。今でも、まるで奇跡が起きたようだと思っているよ。少し前に君の担当医がこの家に来た時も、もうすっかり病は完治していると、驚愕《きょうがく》しながらも太鼓判を押していたからな」

「父上もご存知の通り、これも皆、エディスのお蔭《かげ》です。エディスがこの家に来てくれてから、全てが良い方向に変わり始めました」

　ライオネルは、心からの感謝を込めてエディスを見つめた。エディスははにかみながら頬を染めると、ライオネルを見つめ返した。

「私の方こそ、グランヴェル侯爵家の皆様に温かく迎えていただいて、ライオネル様もいつも大切にしてくださいますし、本当に感謝しかありません。……今日がライオネル様のお誕生日だということは、アーチェ様に教えていただいたのですよ」

「せっかくのお誕生日だし、お兄様を驚かせたくて、サプライズのお誕生日パーティーにしようってエディスお義姉様と計画していたの」

　アーチェが視線を向けた大きなダイニングテーブルの上には、滑らかなヴィシソワーズに、彩り鮮やかな季節野菜のサラダと鹿肉のテリーヌ、蟹《かに》と野菜のゼリー寄せや、赤ワインでじっくりと煮込んだ牛頬肉といった料理が所狭しと並べられていた。さらにテーブルの中央には、たっぷりのクリームと真っ赤な苺《いちご》で飾られた立派なケーキが鎮座していた。

　ライオネルはテーブルの上を眺めると、目を細めて感嘆の息を吐いた。

「凄《すご》いご馳走だね。これは、もしかして皆、君たちが作ってくれたのかい？」

「はい。ユージェニー様とアーチェ様のお力を借りて用意したものです」

　頷いたエディスのことを、ライオネルは思わず抱き締めた。

「君という人は、本当に……。何て感謝したらいいのか、わからないよ」

「ふふ。喜んでいただけたなら、とても嬉しいです」

ライオネルは一口一口を味わうように食べながら、にっこりと笑った。

「どれも、とても美味《おい》しいよ」

ライオネルは隣で嬉しそうに笑ったアーチェの頭を撫でてから、ふっと手元の料理に視線を落とした。

「……エディスのお蔭で、最近は皆と同じ食事が摂《と》れるようになっていたけれど。昨年の誕生日のことを思い返してみると、改めて今の健康のありがたみが感じられるよ」

「ああ、本当にその通りだね」

グランヴェル侯爵は穏やかな笑みを浮かべた。彼の胸にはぐっと込み上げるものがあった。妻を病で失い、長男のライオネルも深刻な病に冒《おか》されてからというもの、一時はグランヴェル侯爵家に不協和音が生じ、重苦しい空気が覆っていた。

絶望に打ちひしがれていた日々が、わずか一年のうちに希望に満ちた日々に変わったことが、まるで神が救いの手を差し伸べてくれたように感じられていたのだった。

皆で豪華な料理を囲んで和気藹々《わきあいあい》とした時間を過ごしながら、一通り食事が落ち着いた頃合いを見計らって、クレイグがユージェニーと視線を交わすと小さな包みを取り出した。

「兄さん。これは、ユージェニーと一緒に選んだ兄さんへの誕生日プレゼントだよ」

「ありがとう、クレイグ、ユージェニー。ここで開けても？」

「ああ、もちろん」

ライオネルが丁寧に包みを解いて箱の蓋を開けると、品の良いシルバーのカフスボタンが顔を覗《のぞ》かせた。カフスボタンを手に取ったライオネルの顔が綻ぶ。

「素敵なカフスボタンをありがとう。大切に使わせてもらうよ」

ライオネルを挟んで、アーチェが身を乗り出すとエディスと目を見交わした。

「お兄様！　私たちからも、お誕生日プレゼントがあります」

頬を染めたアーチェの言葉に頷くと、エディスは美しくラッピングされた包みをライオネルに差し出した。

「これは、アーチェ様と私からのお誕生日プレゼントです」

「お兄様、是非開けてみてくださいね」

「ああ、ありがとう」

受け取った包みのリボンを解いたライオネルの目に、真っ白なシャツと刺繍《ししゅう》入りのハンカチが映る。ライオネルは驚いたように、代わる代わるエディスとアーチェの顔を見つめた。

「これも、君たちが作ってくれたのかい？」

二人は揃《そろ》ってライオネルの言葉に頷いた。

「私、エディスお義姉様に教えてもらって、ハンカチに揚羽蝶《あげはちょう》の刺繍をしたの！　シャツともう一枚のハンカチは、エディスお義姉様が作ってくださったのよ」

「アーチェ様の揚羽蝶の刺繍、とてもお上手でしょう？　私は実家で母からお裁縫も習っていたので、ライオネル様へのシャツと、グランヴェル侯爵家の紋章を入れたハンカチをご用意いたしました」

期待を込めた瞳でライオネルを見上げていたアーチェに応えるように、彼はまずアーチェが刺繍したハンカチを広げた。羽を広げた揚羽蝶の姿が金糸で美しく縫い取られたハンカチを見て、ライオネルは大きな笑みを浮かべた。

「とても上手だね、アーチェ。まるで揚羽蝶が生きているみたいだ」

「それは、お兄様とエディスお義姉様と初めて一緒に別荘に行った時に見た揚羽蝶なの。まだあまり慣れてはいないけれど、一生懸命に縫ったのよ。ねえ、エディスお義姉様の刺繍も、とっても綺《き》麗《れい》でしょう?」

「ああ、これも素晴らしいな」

ライオネルは、グランヴェル侯爵家の紋章である、雄々しく翼を広げた鷲《わし》が銀糸で刺繍されたハンカチを広げて目を細めた。

「それに、このシャツの仕立ても美しいね。君は器用だし多才だね、エディス。君が料理上手なことは以前から知っていたが、裁縫までこれほど腕が立つなんて、今日初めて知ったよ」

「アーチェ様と一緒にライオネル様のプレゼントを作る時間はとても楽しくて、よい息抜きにもなっていたのですよ。使っていただけたら嬉しく思います」

「ああ、使わせてもらうのが楽しみだよ。どうもありがとう」

ライオネルが順番に誕生日プレゼントを受け取る様子をにこやかに眺めていたグランヴェル侯爵が、最後に口を開いた。

「ライオネル。君がエディスと結婚式を挙げた時にも、まるで奇跡が起きたようだと思ったものだが。君の誕生日という節目を迎えて、改めて君の回復を喜ばしく思っているよ。最近は、君は順調にこの侯爵家の仕事を引き継いでいってくれているし、率直に言って、君の働きは私の期待を遥《はる》かに上回っている。もう、君には何の不安も抱いてはいないよ」

グランヴェル侯爵は椅子から立ち上がると、ポケットから取り出した一つの鍵と一通の封筒をライオネルに手渡した。

「これは、私から君への……いや君たちへのプレゼントだよ。ライオネル、エディス」

ライオネルはエディスと顔を見合わせると、父に視線を戻した。

「父上、これは何の鍵なのでしょうか？」

ライオネルは、鷲の紋章が刻まれた、鈍い銀色に輝くずっしりと大きな鍵を持ち上げた。

「これは、グランヴェル侯爵家の植物園の鍵だ。いずれ君が受け継ぐ予定のものではあったが、君の誕生日という節目に、先に君に譲ることに決めたよ」

「あの立派な植物園を、ですか……？」

思いがけない父からの大きな贈り物に、驚きに目を瞠《みは》っていたライオネルに向かって、グランヴェル侯爵は頷いた。

「君も知っての通り、あの植物園には充実した薬草園もある。今後は私の許可を得ることなく、あの場所での薬草の採取も、新しく栽培する薬草の導入も、君たちが自由に決めてくれて構わない。君ならエディスと一緒に、今まで活用できていなかったあの薬草園を、今後十分に役立てていくことができるだろう」

「ありがとうございます、父上」

ライオネルは、続けて鍵と一緒に手渡された封筒に目を落とした。息子の疑問を汲《く》んだように、グランヴェル侯爵は言葉を続けた。

「その封筒に入っているのは、隣国のとある薬草農家への紹介状だ。小規模なところではあるが、知る人ぞ知る所でね」

エディスがはっとしたようにグランヴェル侯爵を見つめた。

「お義父様《とうさま》が仰《おっしゃ》っている薬草農家というのは、もしかして……」

エディスの言葉に、グランヴェル侯爵は優しい笑みを浮かべた。

「そう、エディスが想像している通りだよ。以前に、私が若い頃に訪れたことのある隣国の薬草農家の話をしたら、あなたはとても興味を持っているようだったからね。それで、その農家に話をしておいたんだ」

エディスの瞳が興奮気味にきらりと輝いた。

「ありがとうございます！　両親が存命だった時から、少し特殊な薬草を栽培しているというその隣国の農家の話は噂《うわさ》に聞いておりまして、いつか機会があれば訪れてみたいと思っていたのです。紹介がないと会っていただくのは難しいと聞いていましたが、お義父様が紹介状を用意してくださったなんて……」

頬を紅潮させて、グランヴェル侯爵からライオネルに視線を移したエディスに向かって、ライオネルも嬉しそうに笑った。

「エディス、近いうちに一緒に行こう」

「はい、是非。とても楽しみです」

グランヴェル侯爵は、仲睦まじく微笑み合う二人を見つめた。

「君たちは、結婚してからまだ落ち着いて長期の旅行にも行っていないだろう。ライオネルは、体調が戻ってすぐに仕事の引き継ぎを始めていたし、結婚式後もずっと忙しくしていたからね。君たちに紹介状を書いた薬草農家がある場所は、自然豊かで風光明媚《ふうこうめいび》な所なんだ。私も、当時は妻と一緒にあの辺りを見て回ったものだが、それもいい思い出になっているよ」

グランヴェル侯爵は、遠い日を懐かしむように瞳を細めると穏やかに微笑んだ。

「この機会に、君たちにはゆっくりと羽を伸ばして来て欲しいと思っているよ。その間、仕事のことは忘れて構わないし、長い目で見れば、きっと今後の薬事業にも活《い》きてくることだろう。そして、エディス」

グランヴェル侯爵は、謝意を込めてエディスを見つめた。

「私たちが今日という日を祝うことができ、このように幸せな時間を過ごせているのも、エディスがライオネルを支えてくれたからこそだと思っているよ。グランヴェル侯爵家の一員になってくれて、本当にありがとう。あなたがこれから始める予定だという薬事業にも期待しているが、何より、無理のないように、あなたが居心地よく自由にこの家で過ごすことを優先して欲しい」

「もったいないようなお言葉をありがとうございます、お義父様」

エディスが薄《うっす》らと瞳に感涙を浮かべると、ライオネルが優しく彼女の肩を抱き寄せた。グランヴェル侯爵をはじめ、クレイグとユージェニーも、そしてアーチェも、温かな眼差《まなざ》しで二人のことを見つめていた。

＊＊＊

その日の晩、夜着に着替えたライオネルは、同じく湯浴《ゆあ》みをして夜着に着替えたエディスとソファーに並んで腰掛けながら、感慨深げに彼女の顔を見つめた。

「今日は、今まで生きてきた中で最高の誕生日だったよ。ありがとう、エディス」

ライオネルはエディスの唇にそっと唇を重ねた。ライオネルの柔らかな唇の感触に、エディスの頬はふわりと染まる。

エディスから唇を離したライオネルは、目の前にいるエディスの存在を確かめるようにして、彼女の身体《からだ》をぎゅっと抱き締めた。

「ライオネル様……？」

ライオネルにきつく抱き締められて、エディスもライオネルの身体を抱き締め返しながら、そっとその顔を見上げた。

ライオネルは彼女に回した腕を解くと、じっとエディスの顔を覗き込んだ。

「昨年の僕の誕生日との差があまりに大き過ぎて、今の幸せが何だか夢のように思えてしまったんだ。君が確かに僕の側《そば》にいると、そう感じられて嬉しいよ」

「ふふ、ライオネル様。私も、ライオネル様と過ごす時間は、今でも信じられないくらいに幸せです」

　ライオネルは、自分の両手に目を落とした。

「今はこの手にペンを持って問題なく仕事をしているが、昨年の誕生日には、粥を食べようとスプーンを持つ手さえ、まるで老人のように骨と皮ばかりで、力も十分に入らずに震えて覚束《おぼつか》なかったからね。改めて、君のお蔭でどれほど救われたのかを感じているよ」

「ライオネル様はご自身でも、元の通りに身体が動かせるようになるように、とても努力なさっていましたから。その成果が出たのだと思います」

「それも、君と一緒にいたいという気持ちが原動力だったからね。それに、」

　ライオネルは、再びエディスの身体に優しく腕を回した。

「母に次いで僕まで病を患ってから、この家は暗くなっていたし、家族の絆《きずな》にも見えない亀裂が走っていたようだった。それが、君が来てくれてからはこの通りだ。今では、家の中がすっかり明るい希望に満ちているのがよくわかるよ」

　温かなライオネルの言葉と体温を感じて、エディスはさらに頬に血が上るのを覚えながら、そっと彼に身を預けた。

「隣国にあるという薬草農家に君と行くのも、楽しみだ。父上の言葉の通り、僕たちは結婚してからまだ、ゆっくりと時間を取って旅行らしい旅行もしていなかったしね」

「私もとても楽しみです。ライオネル様とこれほど遠くまで旅行に行くのは、これが初めてですね。それに、私にとって、お義父様が紹介状を書いてくださった薬草農家は、いつか行ってみたい憧れの場所でしたから。ライオネル様と一緒に、私まで素敵なプレゼントをいただいてしまいました」

にっこりと笑ったエディスに、ライオネルも微笑みながら頷いた。

「君のそういう笑顔が見られて、僕も嬉しいよ。君はやっぱり、薬が好きなんだね。君の薬は、かつての僕と同じように絶望の淵《ふち》にいる人々を救う力を秘めていると思うよ。……さあ、今日もそろそろ休もうか」

「……はい、ライオネル様」

ライオネルは、ふわりとエディスをソファーから抱き上げた。隙さえあればエディスを甘やかそうとしている様子のライオネルは、急に抱き上げられて慌てたエディスを見つめて、悪戯《いたずら》っぽくすりと微笑んだ。ライオネルの瞳に浮かぶ熱を感じて、エディスの胸も甘く跳ねる。

ライオネルに愛されて、彼の腕の中にすっぽりと包まれるようにして眠る日々が続いてはいたけれど、エディスはまだその甘さに慣れることはできていない。優しくエディスに触れるライオネルの手も、蕩《とろ》けるようなその視線も、エディスの胸をいつでも熱く跳ねさせるからだった。

ただ、一つエディスにわかっていることは、ライオネルの腕の中にいると、この世で一番の幸せを感じられるということだった。

(こんなに大切にしてくださって、好きな薬を扱う仕事までさせていただけるなんて。ライオネル様に何て感謝したらいいのか、私も言葉が思い付かないわ)

エディスは、温かなライオネルの胸にそっとその顔を埋《うず》めた。

＊＊＊

「では父上、しばらくエディスと出掛けて来ます」

愛《いと》しげにエディスの腰に手を回しているライオネルを見つめて、グランヴェル侯爵は楽しそうに笑った。

「ああ。家のことはしばらく忘れて、エディスと旅行を楽しんでおいで」

クレイグとアーチェも、グランヴェル侯爵と一緒に二人を見送りに出て来ていた。

「お兄様もエディスお義姉様もいないお家《うち》なんて、ちょっと寂しいけれど。……でも、ちゃんとお留守番をしていますから。楽しんできてくださいね！」

アーチェの頭を順番にライオネルとエディスが撫でると、クレイグが励ますようにアーチェを見つめて微笑んだ。

「はは、アーチェもしっかりしてきたね。兄さん、エディス、今のうちにゆったりした時間を過ごしてね。よい旅行を」

「アーチェとクレイグも、ありがとう。立派になったね、アーチェ。留守は君に任せたよ」

「隣国のお土産《みやげ》も、楽しみにしていてくださいね」

温かな陽射《ひざ》しの中、ライオネルとエディスは皆に手を振ってから、馬車に揺られてグランヴェル侯爵家を出発した。

ライオネルは、馬車の座席の隣で胸を弾ませている様子のエディスに向かってにっこりと笑い掛けた。

「君と出掛ける長期の旅行としても楽しみだが、隣国では君の薬作りに役立つような薬草も見付かるといいね」

「はい！　今後のグランヴェル家の薬事業の助けになるような薬草を見付けられればと、そう期待しています」

エディスがこれから始めようとしている薬事業が、今後グランヴェル侯爵家を支える主要な事業の柱の一つとなっていくだろうと、鋭い勘を持つライオネルは、この時点で既に確信に近い感覚を抱いていた。

けれど、優れた効果を持つ薬で多くの人々を救うこととなるエディスが、いつしか聖女の再来と呼ばれるようになる日が待っていることまでは、この日のライオネルにはまだ知る由《よし》もないのだった。

あとがき

この度は、『義姉の代わりに、余命一年と言われる侯爵子息様と婚約することになりました』をお手に取ってくださり、誠にありがとうございます。作者の瑪々子《めめこ》と申します。

この物語は、心の優しいエディスが、医師から余命一年と言われているライオネルを支え、癒《いや》していくことを中心に進みますが、ちょうどこの物語を執筆している最中に、私自身がここ数年で一番というほど体調を崩してしまいました。ベッドに身体《からだ》を横たえながら、どうにか上半身を持ち上げてしばらく執筆していたという意味でも、私にとっては思い出深い作品です。

そんな折にいただいた、私の体調を気遣うお言葉や励ましのお言葉が、どれほど支えになったか、一言では言い表せません。弱りきっていた自分にとって、それらのお言葉の一つ一つが心に沁みました。ライオネルがエディスへの感謝を告げる言葉のいくつかには、私自身がいただいた優しいお心遣いに対する感謝の気持ちを投影しています。

紫藤《しどう》むらさき先生には、本当に素晴らしいイラストを描いていただきました！　一目見て感動した表紙や完成版のイラストはもちろんのこと、ラフ画の時から、各キャラクターが素敵過ぎて驚きました。私がイメージしていた登場人物像を遥かに超える、理想的なイラストを描いてくださったことに、心からの感謝とお礼を申し上げます。作者以上にエディスやライオネルのことを理解していただいたように感じ、とても嬉《うれ》しくなりました。

また、この作品を書くに当たって、細やかな心配りと的確なアドバイスをくださった編集者の上野朋裕様には、感謝してもしきれません。本当にお世話になり、ありがとうございました！　そして、こうしてこの物語が書籍として形になり、無事に出版を迎えられたのも、販売部の皆様、校閲部の皆様、その他この作品の書籍化に携わっていただいた全ての方々が、縁の下の力持ちとして支えてくださったお蔭です。この場を借りて、深くお礼申し上げます。

そして、この物語のもりこも先生によるコミカライズも、エディスの可愛らしさや優しさが原作以上に表現された、とっても素晴らしい作品になっておりますので、こちらも是非マンガアプリの「Ｐａｌｃｙ《パルシィ》」や「ｐｉｘｉｖ《ピクシブ》コミック」でご覧いただけましたら幸いです。

最後に、何よりこの本をお手に取ってくださった皆様に、心からの感謝をお伝えさせていただきます。本書を楽しんでいただけることを願いながら、筆を擱《お》かせていただきます。

２０２３年６月　瑪々子

Kラノベブックスf

義姉《あね》の代《か》わりに、余命《よめい》一年《ねん》と言《い》われる侯爵《こうしゃく》子《し》息《そく》様《さま》と婚《こん》約《やく》することになりました

瑪々子《めめこ》

2023年8月30日第1刷発行

発行者	森田浩章
発行所	株式会社 講談社 〒112-8001　東京都文京区音羽2-12-21
電　話	出版　(03)5395-3715 販売　(03)5395-3605 業務　(03)5395-3603
デザイン	KOMEWORKS
本文データ制作	講談社デジタル製作
印刷所	株式会社ＫＰＳプロダクツ
製本所	株式会社フォーネット社

KODANSHA

ISBN978-4-06-533271-9　N.D.C.913　243p　19cm
定価はカバーに表示してあります

ファンレター、
作品のご感想を
お待ちしています。

あて先　〒112-8001　東京都文京区音羽2-12-21
(株) 講談社　ライトノベル出版部 気付
「瑪々子先生」係
「紫藤むらさき先生」係